Diogenes Taschenbuch 135/19

detebe

Georges Simenon

Der Verdächtige

Roman

Deutsch von Eugen Helmlé

Diogenes

Titel der Originalausgabe:
›Le suspect‹

Die deutsche Erstausgabe
erschien 1977 im Diogenes Verlag.
Umschlagbild von Pablo Picasso

Veröffentlicht als Diogenes Taschenbuch, 1980

10/80/8/1
ISBN 3 257 20679 8

I

Der Concierge mußte wirklich auf hundert sein, daß Chave ihn trotz der Entfernung, die sie trennte – eine Tür, eine Treppe, ein Flur –, ins Telefon brüllen hörte:

»Aber ich sage Ihnen doch, daß er auf der Bühne ist!«

Wenn da nur der Concierge gewesen wäre und dieses Telefon, das seit Beginn des ersten Aktes hartnäckig nach Gott weiß wem klingelte!... Und warum ließ der Concierge den Hörer nicht einfach neben dem Telefon liegen, anstatt sich heiser zu schreien?

Chave rückte einige Zentimeter nach hinten, denn sein Anblick faszinierte einen Zuschauer im ersten Rang, der sich vorbeugte, um ihn ganz zu sehen. Mechanisch folgte er in seinem Rollenbuch dem Text, der auf der Bühne vorgetragen wurde, und gleichzeitig beschäftigte er sich mit einem Haufen anderer Dinge, als hätte er ein halbes Dutzend Gehirne.

Zunächst einmal fragte er sich immer wieder, ob es nun die Masern wären oder nicht. Seine Frau hatte ihn um fünf Uhr, nach dem Besuch des Arztes, angerufen. Der Concierge hatte wieder durch die Gegend gebrüllt, denn wenn man im Augenblick auch nicht spielte, so steckte man doch mitten in der Probe. Der Arzt konnte auch nicht mehr sagen, als daß man in ein oder zwei Tagen etwas Genaueres wüßte.

Unterdessen lag Pierrot rot und glühendheiß in seinem Bett, ein komisches Schmollen im Gesicht, wie ein Vorwurf für die ohnmächtigen Erwachsenen.

»Du bist dran!« flüsterte Chave einem Kollegen zu, der als Schutzmann gekleidet war und dessen Schnurrbart von Fäden gehalten wurde, die ihm in die Wangen schnitten.

Er zuckte die Achseln als Antwort auf den wütenden Blick, den der Hauptdarsteller ihm von der Bühne herab zuwarf. War es etwa seine Schuld, wenn er keinen Hornisten gefunden hatte? Er konnte nicht alles tun, Regisseur sein, Requisiteur, Souffleur und darüber hinaus auch noch den ›dritten Lebemann‹ spielen.

Er hatte nicht zu Abend gegessen. Er hatte gerade noch Zeit gehabt, für seinen Auftritt im zweiten Akt, in dem Nachtlokal, in einen grauen Cutaway zu schlüpfen – das einzige, was er gefunden hatte.

»Haut man in Brüssel im Cutaway auf den Putz?« hatte der Schauspieler aus Paris gekreischt.

Was soll's? Der Kerl hatte seit zwei Uhr nachmittags so herumgeschrien, daß das jetzt unerheblich war. Er selbst hatte sich so abgerackert, daß er in einen Zustand geraten war, der dem Katzenjammer glich und sich auf alles gefaßt machte, nur nicht darauf, daß die Bühnendekoration rechtzeitig fertig wurde und daß seine unbekannten Partner ihm das richtige Stichwort gaben.

Nie war der Regen so dicht gefallen wie an jenem Tag. Zeitweise war es ein richtiger Trommelwirbel auf dem Glasdach des Theaters. Die Damen aus der Garderobe hatten Regenschirme zum Trocknen in die Flure gestellt, und die Zuschauer strömten auf den Sitzen einen Geruch nach nasser Wolle, nach verregnetem Leder aus.

»Zwölfhundert Francs Einnahme!« hatte der Pariser gejammert, als er, bevor der Vorhang hochging, zur Kasse gegangen war. »Und da bietet man mir prozentuale Beteiligung an! Man erzählt mir von Einnahmen zwischen zehn- und fünfzehntausend Francs ... Wo ist der Direktor?«

Der Direktor war natürlich außer Haus, wie immer in solchen Fällen!

»Ein altes Salondekor, um ein modernes Nachtlokal darzustellen! Ein Eßzimmer Henri II, um die Halle eines Schlosses wiederzugeben! Niemand kennt seine Rolle! . . .

Die Köpfe brummten noch, und es war so oft die Rede davon gewesen, nicht zu spielen, es dem Publikum öffentlich anzukündigen, den Gerichtsvollzieher zu rufen, damit er die Pleite feststellte, daß es schon ein Wunder war, daß die Zuschauer auf den rotgepolsterten Sitzen saßen, die Schauspieler auf der Bühne standen, die Rampe beleuchtet war.

Es war ein Wunder, den Concierge zu hören, wie er sich die Lunge aus dem Leibe schrie, um am Telefon zu verkünden: »Aber ich sage Ihnen doch, daß er auf der Bühne ist!«

»Der Vorhang!« erinnerte Pierre Chave den Elektriker, der nicht wußte, daß es das Ende des Aktes war.

Der Pariser auf der Bühne warf einen furchtbaren Blick nach dem Vorhang hin, was ihn nicht daran hinderte, ins Publikum zu lächeln und gleich darauf wieder mit dem Lächeln aufzuhören, als er sich auf Chave stürzte.

»Der Hornist? . . . Was hatte ich Ihnen denn gesagt? . . . Daß ich ohne Hornist nicht spielen würde... Der ganze ›erste‹ ist in die Binsen gegangen, weil kein Hornist da war!...«

»Monsieur Chave!« rief der Concierge von unten herauf.

»Wo gehen Sie hin?«

»Einen Augenblick... Man verlangt nach mir...«

»Man verlangt vielleicht nach Ihnen, aber ich bestehe darauf, Sie hier zu haben. Wer ist denn dieses entsetzliche Weib in Violett, das ich in den Kulissen erblickt habe?«

»Die Gräfin des ›zweiten‹...«

»Aber Herrgott noch mal, Sie haben doch geschworen, daß...«

Mit umgedrehtem Magen und leerem Kopf, sein Rollenbuch in der Hand, stieß Chave, der seit neun Uhr morgens nicht aus dem Theater herausgekommen war, eine Tür auf und stieg langsam die nasse Eisentreppe hinunter.

Er rechnete nicht damit, diese oder jene Person zu sehen. Er fragte nicht, wer ihn dreimal angerufen haben könnte. Dazu war er zu abgestumpft, und wenn er an etwas dachte, so daran, daß er einen Sprung über die Straße machen würde, um in der Kneipe gegenüber ein Bier runterzustürzen.

Am Fuß der schlecht beleuchteten Treppe war ein Ort ohne Namen, ein eisiger, windiger Raum zwischen drei Türen, der Ort, an dem man die Schauspieler auf der Suche nach einem Engagement, die Lieferanten auf der Suche nach Geld und manchmal die Gerichtsvollzieher warten ließ.

Chave ging immer noch die Treppe hinunter und runzelte plötzlich die Stirn, denn er erblickte einen Mann, der ihn kommen sah, einen Mann, der einen riesigen beigen Überzieher trug und eine Ledertasche in der Hand hielt.

»Was tust du denn hier?« fragte er.

Er dachte nicht daran, daß er einen grauen Cutaway trug und daß sein Gesicht unter der dicken Schminke ungefähr so ausdrucksvoll war wie das einer Schaufensterpuppe.

»Pst!« machte der andere und rollte dabei erschreckt mit den Augen. »Wo können wir hingehen, um miteinander zu reden?«

Das Büro des Direktors zur Rechten war geschlossen. Das Büro des Verwalters ebenfalls, und in der Loge saß der Concierge.

»Komm mit in die Kneipe gegenüber«, brummte Chave, der Durst hatte.

»Weil ...«

»Weil was?«

»Nichts ... Ich bin nicht sicher ... Wenn du meinst, daß das klug ist ...«

Er sah furchtbar beunruhigt aus, aber das war bei ihm eine Gewohnheit, daß er immer aus dem

Häuschen geriet. Er war ein dicker Kerl von vierzig Jahren, der lief, gestikulierte, tief Atem holte, an Herzklopfen litt und immer wichtige Geschichten zu erzählen, geheimnisvolle Geschäfte laufen und größere Sorgen als ein Staatschef hatte.

Man nannte ihn Baron. Nicht etwa, daß er ein Baron gewesen wäre, sondern weil das sein Name war, was aber die Kellner in Paris nicht daran hinderte, »der Baron« zu sagen ...

Chave lief über die Straße und stürzte in die erste kleine Kneipe, wo man daran gewöhnt war, die Künstler in den unerwartetsten Kostümen auftauchen zu sehen. Er bestellte Bier und hielt die Hände dem großen Kohlenofen entgegen, der wie eine Katze schnurrte.

»Wann bist du angekommen?«

»Vor einer Stunde ... Ich bin wie gewöhnlich in die Brasserie Veltram gegangen und habe im Theater angerufen ...«

»Ich weiß ...«

»Hat man es dir ausgerichtet?«

»Nein ... Ich habe es gehört ...«

»Ich habe Angst gehabt, daß man dir nichts sagt, darum bin ich gekommen ...«

»Auf dein Wohl!«

»Danke ... Ich habe schon drei Bier getrunken ...«

Er sah ungeduldig den Wirt an, der hinter seiner Theke stehenblieb und ihnen zuhörte, ohne den Versuch zu machen, das zu verheimlichen.

»Ich muß unbedingt mit dir reden ...«

»Erwarte mich nach der Vorstellung... Sie wird früh zu Ende sein ...«

»Ich frage mich nur, ob es dann nicht zu spät sein wird ...«

Mit seinem Puppengesicht, seinem hellen Überzieher und seiner mit Papieren vollgestopften Aktentasche sah er auf den ersten Blick nach einem jener Männer aus, die große Geschäfte abschließen und dabei gut zu Mittag essen und raffiniert soupieren. Sah man ihn sich indes etwas näher an, so stellte man fest, daß seine Wäsche nicht mehr ganz frisch und der berühmte Überzieher an den Manschetten und an den Knopflöchern abgeschabt war.

»Dann komm, gehen wir rüber ins Theater ... Wir werden schon eine kleine Ecke finden ...«

»Dein Ankleideraum?«

Chave zuckte die Achseln. Als ob er einen Ankleideraum hätte!

Als sie dann im Luftzug am Fuß der Eisentreppe standen, erklärte er nach kurzem Nachdenken:

»Am besten ist es, wir bleiben hier ...«

Dann setzte er sich, weil er müde war, auf eine

einigermaßen trockene Stufe, und Baron tat dasselbe, trotz seiner Abneigung, seine Kleidung zu beschmutzen.

»Ich frage mich, ob mir nicht jemand folgt«, stammelte darauf der dicke Kerl.

»Hast du jemanden bemerkt?«

»Ich weiß nicht... Vielleicht im Zug?... Dabei können sie unmöglich schon wissen, daß... Also, hör zu!... Ich bin hergekommen, um dir zu sagen...«

Er konnte sich nicht dazu entschließen, spähte ängstlich nach der Tür des Concierge, während man über ihren Köpfen Dekorationen über den Fußboden zog.

»Sie sind verrückt geworden, oder eigentlich K., der sie schließlich alle beherrscht... Gestern habe ich erfahren, daß Robert einen Auftrag übernommen hat...«

Chave hörte mit ernstem Gesicht unter dem Zuckerbäckerrosa zu.

»Was für einen Auftrag?«

Der Dicke wagte nicht mehr zu sprechen, als sei er verantwortlich gewesen für die Ungeheuerlichkeit der Sache.

»Sie haben für die direkte Aktion gestimmt...«

Und Chave, immer gespannter: »Was für eine Aktion?«

»Ich war nicht bei der Versammlung ... Der Drucker hat mir alles gesagt ... Es sieht so aus, als habe Robert den Auftrag bekommen, eine ...«

Chave hatte sich aufgerichtet, drohend.

»Eine was?«

»Eine Fabrik in die Luft zu sprengen, in Courbevoie ... Man hat mir nicht genau sagen können welche, aber ich glaube, daß es eine Flugzeugfabrik ist ... Es ist für diese Woche ... Mehr weiß ich auch nicht ...«

»Robert? ... Der kleine Robert?«

»Ja ...«

»Hast du ihn gesehen?«

»Nein. Es sieht so aus, als verstecke man ihn, bis es soweit ist ...«

Chave fuhr hoch, als er ganz nahe vor sich die entsetzliche violette Figur erblickte, die die Gräfin spielen sollte.

»Was willst du denn?«

»Man sucht Sie da oben. Anscheinend will das Grammophon nicht laufen ...«

Er warf ihr einen Blick zu, als hätte er sie am liebsten umgebracht.

»Wart auf mich«, sagte er zu Baron. »Oder besser noch, erwarte mich im Veltram ...«

Er lief die Treppe hinauf, wobei er immer vier Stufen auf einmal nahm, und betrat einen

Umkleideraum, in dem sich Männer in einem dumpfen Uringeruch schminkten.

»Was tust du denn?«

»Ich muß verduften. Wenn jemand nach mir fragt ...«

»Aber ...«

»Scheiße!«

Er brauchte nur seine Jacke zu wechseln, sich abzuschminken. Auf der Treppe begegnete er dem Pariser, der ihn im Vorbeigehen zu schnappen versuchte und so verblüfft war, als er ihn davonlaufen sah, daß er keine Worte mehr fand.

Die Brasserie Veltram lag in der Passage. Es war ein ruhiger, gemütlicher Ort mit polierten Tischen, vertrauten Kellnern und Bechern, die voller waren als überall sonst. Baron saß an einem Tisch in einer Ecke, mit erschreckten Augen und verängstigter Haut.

»Hat man dich gehen lassen?«

»Kellner, ein Bier! ... Ein ›Spezial‹, ja ... Was hätten sie schon tun können? ... Hast du Geld bei dir?«

»Ich habe vielleicht zweihundertfünfzig Francs.«

»Gib sie mir!«

»Aber ...«

»Gib sie mir, Dummkopf! Behalt so viel, daß du im Hotel schlafen kannst. Vor allem aber wirst du meiner Frau Bescheid sagen... Oder besser nicht! Sie ist schon ins Bett gegangen oder jedenfalls dabei. Es ist nicht nötig, sie zu erschrekken. Du wirst morgen früh zu ihr gehen. Du wirst ihr nichts erzählen. Du wirst ihr nur sagen, daß ich weg mußte nach ... sagen wir nach Amsterdam...«

»Was wirst du tun?«

»Mach dir keine Sorgen! Ich fahre nach Paris. Haben Sie einen Fahrplan, Kellner?«

Er war mager, fiebrig. Um die Augen herum war er schlecht abgeschminkt, so daß es aussah, als seien die blauen Schatten noch tiefer. Von Zeit zu Zeit warf er mit einer Gebärde, die einem Tick glich, sein dichtes, dunkles, sehr langes Haar zurück.

»Siehst du? In zwanzig Minuten geht mein Zug nach Mons...«

»Und die Grenze?«

»Eben! Ich muß wieder ins Theater zurück. Unter der Treppe steht immer ein Fahrrad...«

»Soll ich dich begleiten?«

»Bleib hier! Und vergiß nicht, meiner Frau Bescheid zu sagen. Hast du die Adresse?«

»Rue Snieder...«

»Genau... Nummer 23... Beinahe hätte ich das Geld vergessen...«

Er hätte auch fast seinen Gabardinemantel vergessen, und in der Passage fing er zu laufen an. Der Concierge des Theaters hörte ein Geräusch und tauchte auf.

»Ach, Sie sind's ... Ich dachte schon ...«

»Guten Abend!«

Es blieb ihm gerade noch genügend Zeit. Er schwang sich auf das Fahrrad, kam durchnäßt auf dem Bahnhof an und gab das Rad auf. Als der Zug sich dann in Bewegung setzte, blieb er in einem Gang dritter Klasse stehen und betrachtete die Wassertropfen, die kreuz und quer über die Scheibe liefen.

Die Rue Snieder in Schaerbeek lag ruhig und menschenleer, mit ihren beiden Gaslaternen, die gleichmäßige Lichtkreise bildeten, ihren neuen Häusern, ihren gradlinig ausgerichteten Pflastersteinen.

Gegen elf Uhr hörte man Schritte, dann ging die Tür der Hausnummer 17 auf und wieder zu, danach herrschte Stille. Nachts fuhr kein Auto vorbei. Man hörte nur das Pfeifen der Züge, die in der Nähe vorbeifuhren und beim Rangieren eine gute Viertelstunde Krach machten.

Marie Chave bügelte in der Küche Hemden. Sie dachte ohne zu denken, wie man das beim Bügeln tut, und die Zeit wurde durch das Aufsetzen des Bügeleisens auf den Tisch skandiert.

Manchmal hielt sie inne, nahm ein anderes Eisen vom Feuer, hielt es an ihre Wange und lauschte dann mechanisch auf den Atem des Jungen, der im Zimmer nebenan schlief.

Sie wußte, daß sie am andern Tag wieder Ärger mit der Hauswirtin hätte, wenn sie so spät bügelte. Sie konnte sich an diese kleinen belgischen Häuser nicht gewöhnen, die gar nicht aussahen, als seien sie für mehrere Familien vorgesehen gewesen.

Sicher, es war sauber und gewissermaßen neu. Die Zimmer waren ziemlich geräumig, die Fenster breit.

»Trotzdem fühle ich mich hier nicht zu Hause!« sagte Marie oft zu ihrem Mann.

Die Hauseigentümer – der Mann war seit dreißig Jahren Kassierer bei einer Bank – bewohnten das Erdgeschoß und hatten die Mansarden zur Verfügung. Die Chaves wohnten im ersten Stock, und nichts trennte sie voneinander.

An der Haustür stand deutlich geschrieben: CHAVE, ZWEIMAL KLINGELN!

Trotzdem kam es vor, daß Leute sich irrten, daß die alte Hauswirtin öffnen ging und wütend kreischte:

»Es ist wieder für Sie, Madame Chave!«

Sie war auch wütend, wenn die Besucher ihre Schuhe nicht an dem Fußabstreifer sauber machten, der vor dem Haus lag! Und aus tausend anderen Gründen. Und weil Pierre jede Nacht gegen ein Uhr morgens aus dem Theater heimkam ...

Man hörte es regnen, und das war ein wenig, als hätte man Gesellschaft. Der Regen, Pierrots Atemzüge, die Hitze des Bügeleisens, das Schnaufen des Ofens, alles das schuf so etwas wie eine warme, lebendige Zone der Vertrautheit. Sogar der Wecker, der nicht den Rhythmus der anderen Wecker hatte, sondern einen besonderen Rhythmus, den des Haushalts.

Als er zehn Minuten vor Mitternacht anzeigte, fing Marie an, ihr Kreuz zu spüren, sie bügelte zwar noch ein wenig, aber träger, ohne Überzeugung, sie sagte sich, daß sie auf Pierre warten könne, aber am Ende brachte sie nicht die Ausdauer auf.

Sie stellte alles an seinen Platz zurück, ohne sich zu beeilen, sah noch einmal nach, ob sie den Schlüssel aus der Eingangstür gezogen hatte – sonst hätte Pierre den seinen nicht ins Schlüsselloch stecken können –, und fing an, sich auszuziehen.

Es brannte nur noch eine Nachtlampe im Schlafzimmer, wo Pierrot, in einem Klappbett, die Augen aufmachte und sie starr auf seine Mutter gerichtet hielt, ohne etwas zu sagen, was recht verwirrend war, da man ihn für gewöhnlich nicht zum Schweigen bringen konnte.

»Was willst du, Pierrot?«

»Durst!« machte er mit belegter Zunge.

Sie gab ihm zu trinken, setzte ihn im Bett auf, schlug dann die Bettdecke ein.

»Tut dir nichts weh?«

Er seufzte nur und schloß dabei die Augen, während sich seine Unterlippe zu einer Schnute vorschob.

Marie legte sich nun ebenfalls hin. Sie hatte im Treppenhaus das Licht brennen lassen, und ein schmaler heller Streifen hob das Viereck der Tür hervor. Sie hörte Züge, deren Getöse das Ticken des Weckers nicht zu ersticken vermochte. Plötzlich streckte sie einen Arm aus den Decken, nahm die Streichholzschachtel, sah nach der Uhr.

Es war halb zwei und Pierre war noch nicht zu Hause! Das war schon vorgekommen. Gewöhnlich erwischte er die letzte Straßenbahn, die ihn in der Avenue Emile Zola absetzte. Aber manche Vorstellungen, vor allem Premieren, endeten später. Manchmal, wenn man ununterbrochen geprobt und keine Zeit zum Abendessen gehabt hatte, nahm die Theatertruppe in einer Fischbratküche in der Rue des Bouchers noch etwas zu sich, und Pierre fuhr mit dem Fahrrad nach Hause. Eines Abends war er sogar mal zu Fuß heimgekommen, als das Fahrrad des Laufburschen nicht im Theater war!

Marie Chave stand wieder auf, weil sie seit einer Weile glaubte, es rieche verbrannt. Sie ging in die Küche nachsehen und überzeugte sich, daß es nur der Geruch des Bügelns war, der noch in der Wohnung hing.

Sie legte sich wieder hin, warf sich unruhig im Bett herum und schlief schließlich ein, einen Arm auf dem unbenutzten Kopfkissen Pierres.

Es war nicht daran zu denken, den Wasserpfützen aus dem Wege zu gehen. Es gab sonst nichts, außer Regen, aber nicht tropfenweise, sondern richtig flächenweise. Pierre liefen Rinnsale kalten Wassers den Hals und den Rücken herunter. Seine Hose klebte an den Knien. Bei jeder Radumdrehung flog ihm Dreck ins Gesicht.

Aber er hatte nichts dagegen, denn dann waren vielleicht die Zöllner nicht draußen!

Er hatte schon fünfzehn Kilometer zurückgelegt seit Mons, zuerst auf der Landstraße, auf der noch einige Autos vorbeibrausten, dann auf Feldwegen, von denen er nicht mehr ganz sicher war, ob er sie wiedererkannte.

Er war mehrmals nach rechts, dann nach links abgebogen. Einmal war es ihm passiert, daß er von einer Fabrik mit ins Rötliche spielenden Fenstern aufgehalten wurde, in deren Hof der Weg endete.

Das Dekor war so zusammenhanglos wie die ganze Nacht. Kaum war das Fahrrad an den von Flammen gekrönten Hochöfen vorbei, als die Luft nach Kühen und Jauche roch und Pierre Chave an niedrigen Bauernhöfen entlangfuhr, das Gebell irgendeines Hundes auslöste, der plötzlich an seiner Kette zog.

Zweimal, dreimal überschritt er einen Bach, aber er wäre nicht in der Lage gewesen zu sagen, ob es nicht immer derselbe war. Ein andermal hörte er Stimmen hinter einer Mauer, Leute, die man nicht sah und die in der Nacht, im Regen ruhig über ihre kleinen Angelegenheiten sprachen. Vielleicht waren es Zollbeamte, die Wache schoben.

Lange hatte er den Eindruck, im Kreis zu fahren, und er hatte keine Vorstellung mehr, wie spät es war, als er durch ein Dorf kam, dessen ganz neuen Glockenturm er erkannte: Havay.

Er wußte, daß die Grenze hinter der Wegbiegung war, kaum dreihundert Meter weit. Er schob sein Rad auf einen Acker; seine Füße sanken ein, und mehrere Male rutschte er auf den Abfällen von Runkelrüben aus.

Als er ein kleines Licht erblickte, war er nicht in

der Lage zu sagen, ob es der belgische oder der französische Grenzposten war, und er zog es vor, einen großen Umweg zu machen, bevor er wieder auf den Weg zurückfand.

Er fürchtete nun, seinen Zug zu versäumen, und über die Lenkstange gebeugt, trat er so stark in die Pedalen wie er nur konnte, war überrascht, sich so schnell in Maubeuge einzufinden, und machte vor dem Bahnhof halt. Er mußte eine Stunde auf den Nachtzug warten, der von Berlin kam und der wie immer an der Grenze Verspätung bekommen hatte. In allen Abteilen schliefen die Leute, und er fand nur mit Mühe einen kleinen, feuchten Platz auf einem Stück Polsterbank, wo er sich lautlos niederließ.

Beinahe wäre er bis nach Paris durchgefahren, wo der Zug um sieben Uhr dreißig ankommen sollte. Wenn er einen besseren Platz gehabt hätte, hätte er vielleicht der Müdigkeit nachgegeben, aber er hatte Hunger oder es war ihm mulmig im Magen, er wußte es nicht genau, und stieg in Compiègne aus, wo er gegenüber dem Bahnhof das Licht einer kleinen Kneipe entdeckte.

Der Himmel begann blaß zu werden. Es fiel nicht mehr derselbe Regen wie in Brüssel, sondern ein feiner Regen, der die Straßen und die Dächer lackierte.

Es war schon lange her, mehr als fünf Jahre, daß Chave eine solche Theke nicht mehr gesehen hatte, ein richtiger Schanktisch aus Zink, in einem Raum, der nach Kaffeemaschine und nach Rotwein roch.

»Haben Sie Hörnchen?«

»Der Bäcker wird sie gleich bringen.«

Warum war seine Frau in Schaerbeek um sechs Uhr morgens aus dem Schlaf aufgeschreckt, während sie gewöhnlich erst um sieben Uhr aufstand? Sie hatte den leeren Platz neben sich gespürt. Sie hatte nicht versucht wieder einzuschlafen und war aufgestanden, hatte in der Küche Licht gemacht und damit begonnen, Feuer zu machen, wobei sie sich mit etwas Petroleum behalf.

Man konnte noch nicht sagen, ob Pierrots Fieber gestiegen oder gefallen war. Morgens waren seine Wangen immer glühend und sein Atem behindert.

»Er ist wohl zurückgehalten worden und hat dann wegen des Regens sicher in Brüssel geschlafen«, sagte sie zu sich.

Um sieben Uhr begann sie sich anzuziehen. Etwas später wurde Pierrot wach, er war schlecht gelaunt und fing an zu flennen.

Sie ging hinunter, um das Brot und die Milch zu holen, die im Korridor abgestellt wurden, und sie begegnete dabei der Hauswirtin in Lockenwicklern.

Die beiden Frauen begnügten sich mit einem unfreundlichen »Guten Tag«.

Die Straße wurde fahl, und man spürte die Kälte noch mehr. Ein Kohlenhändler schob seinen Karren vor sich her, auf dem Kopf einen Sack wie eine Schlafmütze.

»Ich will essen!« sagte der Kleine, der vor der Ankunft des Arztes nichts zu sich nehmen durfte.

Der Arzt kam um acht Uhr, als er seine Krankenbesuche begann. Er ließ seine Überschuhe auf dem Treppenabsatz stehen, zog ein Thermometer aus seiner Bestecktasche und sah so besorgt aus, daß Marie Chave darüber erschrocken war.

Aber es war nicht Pierrot, der ihn beunruhigte. Es war seine Frau, die im Laufe der Nacht einen Herzanfall gehabt hatte.

»Ich werde heute abend wiederkommen«, kündigte er an. »Ich kann noch keine feste Diagnose stellen ...«

Und jetzt sah die Mutter deutlich, daß er an etwas anderes dachte, während er sich die Hände wusch. Genau in diesem Augenblick klingelte es zweimal.

»Einen Augenblick bitte, Herr Doktor«, sagte sie aufgeregt. Es kam nie Besuch um diese Zeit, und sie glaubte, man käme, um ihr eine schlechte

Nachricht zu bringen, daß Pierre etwas zugestoßen sei.

Warum war die Hauseigentümerin, die sich für gewöhnlich nicht stören ließ, aufmachen gegangen? Eine herzliche Stimme sagte im Hausflur:

»Lassen Sie sich nicht stören, Madame Chave!«

Sie erkannte Baron und war nicht beruhigt. Er kam die Treppe herauf, seine Aktentasche unterm Arm, ein gezwungenes Lächeln auf den Lippen.

»Vor allem, regen Sie sich nicht auf! Ich komme von Pierre ...«

Die Treppe war nicht breit, und sie befanden sich alle zur gleichen Zeit hier, der Doktor, der hinunterwollte, Baron, der sich ungeschickt an die Wand drückte, alle sprachen gleichzeitig, während sich die Hauseigentümerin absichtlich im Hausflur herumdrückte.

»Dann bis heute abend ... Etwas Milch, wenn er wirklich Hunger hat ...«

»Bis heute abend! ... Danke, Herr Doktor ...«

Wenn auch Chave notgedrungen Theater spielte, so war es doch Arthur Baron, der im Leben wie ein Schauspieler aussah. Warum hielt er es für notwendig, sich herzlicher und netter zu geben, als er war? Und warum diese Art zu rufen:

»Na, kleiner Mann, haben wir Wehweh?«

Selbst der Junge sah ihn tadelnd an! Und

warum so viele geheimnisvolle Zeichen, um Marie ins Eßzimmer zu locken?

»Ich habe heute nacht Pierre verlassen. Er hat mir den Auftrag gegeben, Ihnen zu sagen ...«

»Was ist ihm zugestoßen?«

Er ersparte ihr nichts, nicht einmal die geheimnisvolle Art, mit der er die Tür aufmachte und wieder zumachte, um sicherzugehen, daß niemand sie belauschte!

»Es ist ihm nichts zugestoßen ... Sie können beruhigt sein ... Nur, ein sehr wichtiger Auftrag ... Ich sage *sehr* wichtig ... hat ihn dringend nach ... sagen wir nach Amsterdam gerufen ...«

»Warum ›sagen wir‹?«

»Weil es keinem von uns ansteht zu wissen, wo er ist ... Verstehen Sie?«

»Ich würde lieber nicht verstehen«, gab sie mißgelaunt zur Antwort.

»Aber Madame! Sie wissen doch genau, daß Pierre ...«

»Ich weiß überhaupt nichts, nur daß ich die ganze Nacht gezittert habe und daß ich weiter zittern werde, bis er zurück ist ...«

»Lassen Sie mich bitte sagen, daß es unbedingt notwendig war ...«

»Daß Sie kommen mußten, um ihn mir zu holen? Warum tun Sie Ihre Arbeit nicht selber? Warum muß immer Pierre ...«

Sie wurde gemein, aus reiner Streitsucht. Sie mochte Baron nicht, so wenig wie manche andere, die manchmal aus Paris kamen und die ...

»Gerade in dem Augenblick, wo sein Sohn krank ist ...«

»Glauben Sie mir ...«

»Wann wird er wieder zurückkommen?«

»Trotz meines Wunsches, Ihnen gefällig zu sein, kann ich nicht ...«

»Sie wissen nicht, wann er zurückkommen wird?«

Auch sie war erschöpft. Vielleicht lag es am Wetter? Es war fast eine Drohung, die sie ausstieß: »Wollen Sie eine Tasse Kaffee?«

»Wenn es Ihnen nichts ausmacht ...«

Sie trug Filzpantoffeln, was sie kleiner erscheinen ließ. Morgens war sie immer blaß, von einer muffig-matten Blässe, aber sie war eher dicklich und kräftig. Während sie kochendes Wasser in die Kaffeekanne goß, fragte sie:

»Was habt ihr diesmal wieder für ein Komplott geschmiedet?«

»Sie wissen genau, daß ich nichts sagen darf, nicht einmal Ihnen, und daß Pierre, wenn er hier wäre ...«

»Durst!« schrie der Kleine, der sich vom Nachbarzimmer aus nicht recht verständlich machen konnte.

»Glauben Sie mir, wenn es nur auf mich ankäme«, schimpfte sie, »würde Pierre euch alle zum Teufel schicken! Wenn man einen Sohn hat ...«

Und genau da erschien der Sohn mit bloßen Füßen, in seinem langen Nachthemd.

»Willst du wohl sofort ins Bett gehen!«

»Ich habe Durst ...«

»Leg dich hin! Die Milch hat noch nicht gekocht ...«

»Ich will keine Milch ...«

»Leg dich hin! Aber so leg dich doch hin, um Gottes willen. Siehst du denn nicht, daß ich nervös bin?«

Es gibt solche Tage, an denen man überhaupt keine Geduld hat. In der Zeit, in der sie dem Baron den Kaffee einschenkte, lief die Milch auf dem Feuer über!

»Hoffentlich ist er nicht nach Frankreich gegangen?«

»Glauben Sie mir ...«

»Ihnen glaube ich überhaupt nichts! Sie sind doch immer am Lügen ... Sagen Sie mir die Wahrheit ...«

»Ich weiß nicht ...«

»Er ist nach Frankreich gegangen? Und Sie haben ihn gehen lassen, obgleich Sie genau wissen, daß er dort Gefahr läuft, verhaftet zu werden ...«

»Hören Sie ...«

Warum hatte sie sich vors Fenster gestellt? Durch die Tüllvorhänge hindurch bemerkte sie zwei Männer, die auf dem Bürgersteig gegenüber miteinander diskutierten, und sie hatte eine Vorahnung.

»Sind Sie nicht allein gekommen?«

»Aber doch! Ich bin sogar ...«

»Dann kommen Sie mal her.«

Im selben Augenblick überquerten die Männer die Straße, und man hörte es zweimal läuten.

»Das ist doch nicht möglich ...«, stammelte der Baron und sah dabei ängstlich um sich.

»Was ist nicht möglich?«

»Die Polizei ...«

»Na schön! Dann werden Sie mir das Vergnügen machen, sich mit ihr auseinanderzusetzen. Man besucht die Leute nicht, wenn man die Polizei auf den Fersen hat ...«

Wenn sie gut gelaunt war, sah sie wie zwanzig aus. War sie wütend, sah sie gleich fünfzehn Jahre älter aus und ihre Hübschheit schwand dahin.

»Hören Sie nicht, daß es für Sie ist«, schrie die Hauseigentümerin im Korridor.

»Ich komme!«

Sie hätte gern geweint, vor Unruhe, vor Wut. Als sie an dem Spiegel vorbeikam, richtete sie dennoch ihr Haar und zog ihre karierte Schürze aus, die sie in einen Wandschrank warf. Als sie im Treppenhaus angekommen war, drehte sie sich um und rief dem Baron zu:

»Vor allem, versuchen Sie nicht die Dinge zu komplizieren ...«

2

Gewöhnlich machte er den Eindruck eines gutmütigen Dicken mit blühender Gesundheit. Morgens, in nüchternem Zustand, wenn er sich noch nicht gewaschen hatte und sein Gesicht in der Nacht farblos geworden zu sein schien, eines Teils seiner Substanz entleert, nur noch Weiches unter der matten Haut zurücklassend, war dem gar nicht mehr so.

Noch schlimmer waren Augenblicke wie die, die er jetzt erlebte und die er gut kannte, denn schon als Kind hatte er dieselben Schrecken durchgemacht.

Er sah die beiden Männer in die Wohnung kommen. Einen von ihnen erkannte er wieder, einen stämmigen, ironischen Rothaarigen, der eine Leidenschaft für Drehbleistifte und Füllhalter haben mußte, denn er hatte eine ganze Reihe davon in der Tasche. Die lachenden Augen des Polizisten sagten ganz deutlich:

»Das hat nicht lange gedauert, wie!«

Und der Baron hatte eine entsetzliche Angst, diese Worte laut ausgesprochen zu hören. Er schämte sich. Er hatte Gewissensbisse. Er fürchtete im voraus die Vorwürfe, die er sich machte.

»Madame Chave, wie ich annehme?« sagte der andere Polizist, ohne seinen Hut abzunehmen.

»Was wollen Sie von mir?«

»Ihr Mann?«

»Er ist nicht hier ...«

Aber er schob sie mit der Hand beiseite und ging ins Eßzimmer, dann ins Schlafzimmer.

»Aber man hat Ihnen doch gesagt, daß er nicht hier ist!« wagte der Baron zu sagen, ohne deshalb seine Haltung wiederzufinden.

Das war sein Fehler! Schon seit er ganz klein war, hatte er es nicht lassen können, eine Dummheit zu begehen, wenn sich die Gelegenheit dazu bot. Doch geschah es nicht aus Dummheit, denn er merkte es ja! Es war fast ein Laster, weil er sich um so gründlicher hineinritt, wenn die Dummheit begleitet war von Lügen und einer verworrenen Situation.

Dann stürzte er los! Wie er am Vortag in Paris losgestürzt war, als ihm der Drucker durch die

Blume angedeutet hatte, daß ein Anschlag bevorstand.

»Vor allem darf Chave es nicht wissen!« hatte der Drucker gesagt, der in einer Art Cour des Miracles hinter dem Sacré-Cœur wohnte. »Diese Geschichten sind nicht sein Fall. Ich frage mich, wozu der überhaupt imstande wäre . . .«

Der Baron hatte geschworen, nichts zu sagen, nicht mal Lili. Es war wie gewöhnlich an einem Tag, an dem er kein Geld hatte. Er war noch keine Viertelstunde mit dem Drucker zusammen, als er ihn mit einer Entbindungsgeschichte weich gemacht hatte und der andere ihm fast alles gab, was er hatte, nämlich vierhundert Francs.

Um den Zug nach Brüssel zu nehmen! Um Chave Bescheid zu sagen, was sich da anbahnte! Mit dem Geld des Druckers, der gerade . . .

Er hatte das sein ganzes Leben lang getan, um dann kleinlaut zu werden und in sich zu gehen, wenn er vor das Ergebnis seiner Taten gestellt wurde!

Als Chave ihn zum Beispiel gefragt hatte, was er in der Tasche habe, hatte er gelogen und hatte hundert Francs für sich behalten! Er wußte, warum er sie behielt! Schon im Zug hatte er von jener Bar hinter der Place de Brouckère geträumt, in der er verschwand, sobald er seinen Freund verlassen hatte.

Er hatte immer seine Aktentasche in der Hand. Mit seinem dicken Überzieher, den man von nahem anschauen mußte, um zu sehen, wie abgenutzt er war, machte er den Eindruck von jemand Bedeutendem. Was er gern mochte. Und er mochte auch jene vertrauliche und gemütliche Bar gern, wo sich zwei Barmädchen neben ihn setzten.

»Ich wette, du bist Pariser ...«

Er lächelte glückselig, mit tätschelnden Händen, und erzählte ihnen dazu Geschichten, über die sie lauthals lachen mußten. Dann saß nur noch *eine* Frau bei ihm, weil noch ein anderer Gast hereingekommen war.

»Kann man mit dir raufgehen?«

»Auf jeden Fall nicht bevor zugemacht wird!«

Er wartete auf das Zumachen, trank viel Bier. Es war besser, im Nachhinein nicht mehr an gewisse allzu demütigende Einzelheiten zu denken, wie etwa, als er gesagt hatte:

»... Wenn du ahnen würdest, was ich bin und weshalb ich hier in Brüssel bin! ... Du brauchst nur ein paar Tage zu warten, und es ist nicht ausgeschlossen, daß alle Zeitungen davon reden ...«

»Du bist doch hoffentlich kein Einbrecher? Oder ein Bankier auf der Flucht?«

Sie macht eine Schnute, wie um zu sagen, daß das im Vergleich zu ihm wirklich jämmerliche Typen sind.

Aber nein! Man durfte nicht mehr daran denken. Es war zu dumm! Die Bar war nur das Vorzimmer eines Hotels, und der Baron hatte bis um drei Uhr morgens warten müssen, um in sein Zimmer raufzugehen, wohin ihm das Mädchen nach einer Viertelstunde gefolgt war.

Warum? Wie oft hatte er sich diese Frage gestellt! Weil er nun mal so war! Sie war nicht nett zu ihm. Sie feilschte um den Preis. Sie weigerte sich, ihn ihre Brüste streicheln zu lassen, obgleich sie das einzig Reizvolle an ihr waren.

»Beeil dich!«

»Schläfst du nicht im Haus?«

»Ich schlafe in der Mansarde.«

Sie hatte ihn noch nicht zehn Minuten verlassen, und er fing an einzuschlafen, als es heftig an die Tür klopfte.

»Polizei! ... Aufmachen! ... Ihren Paß ...«

Hatte etwa das Mädchen der Polizei einen Wink gegeben? Oder machte die Polizei einfach nur ihre übliche Runde in den verdächtigen Hotels? Wozu sollte er versuchen, das herauszufinden, da es nun geschehen war? Der Rothaarige hatte seine Papiere eingehend betrachtet. In einem Notizbuch hatte er eine Liste mit verdächtigen Personen, in der er von Zeit zu Zeit nachsah.

»Wann sind Sie in Brüssel angekommen?«

»Heute abend.«

»Wen haben Sie getroffen?«

»Niemand!«

»Was ist der Grund Ihrer Reise?«

»Geschäfte.«

Ergebnis: Man hatte sich wohl seine Akte näher angesehen, und als man feststellte, daß er in anarchistischen Kreisen verkehrte, war man ihm gefolgt. Er wußte nicht, wie er sich verhalten sollte. Er wagte es nicht, Marie Chave ins Gesicht zu sehen, die etwas zu ahnen schien und ihm manchmal einen argwöhnischen Blick zuwarf.

»Was wollen Sie von meinem Mann?«

»Um wieviel Uhr ist er weggegangen?«

»Ich weiß nicht. Schon früh ...«

Im Gegensatz zum Baron wurde Chaves Frau bei Gefahr härter.

»Genieren Sie sich nur nicht!« hatte sie dem Rothaarigen zugerufen, der sich auf den Boden legte, um unter das Bett zu sehen.

Sie folgte ihnen mit den Augen, würdevoll und geringschätzig, während sie eine regelrechte Hausdurchsuchung vornahmen. Von Zeit zu Zeit drehte sie sich nach Pierrot um, den das Ereignis beunruhigte, und sagte zu ihm:

»Schlaf! ... Das hat nichts zu bedeuten! ... Du bekommst deine Milch nachher ...«

Dem Baron, der seinen Überzieher nicht ausgezogen hatte, wurde allmählich zu warm. Die Polizisten hatten es nicht eilig. Hatten sie eine Anzeige bekommen? Genügte der Besuch des Barons bei einem bekannten Anarchisten, der ihnen schon seit langem gemeldet war und den sie im Auge behielten, um sie mißtrauisch zu machen?

Sie gingen von einem Möbelstück zum andern, durchwühlten die Schränke, die Schubladen, steckten die Hände in die Taschen eines alten Anzugs von Chave, der in der Garderobe hing.

Die Wohnung bestand nur aus drei Zimmern: Schlafzimmer, Küche und Eßzimmer. Da die Mahlzeiten in der Küche eingenommen wurden, diente das Eßzimmer als Arbeitszimmer, und der Tisch war mit Büchern und Broschüren überladen.

Nichts Gewöhnlicheres als dieses Zimmer, das allen Zimmern glich, die man an Studenten vermietet, mit dem schwarzen Marmorkamin, der Pendeluhr unter der Glasglocke, dem dunklen Kachelofen und der Brücke, dem abgenutzten Teppich unter dem Tisch, den mit Widmungen versehenen Porträts, die mit Nadeln an die Wände geheftet waren.

Im Aschenbecher lagen noch zwei Tonpfeifen, und Marie Chave wandte beeindruckt die Augen ab, dann sah sie starr den Baron an, als wolle sie Rechenschaft von ihm verlangen.

»Wenn Sie etwas zu arbeiten haben, Madame«, sagte der Rothaarige, »Sie können uns ruhig allein lassen, wir haben noch eine Weile zu tun ...«

Und tatsächlich setzte er sich an Pierres Tisch, stopfte seine Pfeife, zündete sie an und begann mit einer sorgfältigen Bestandsaufnahme der Papiere. Der andere Polizist, der jünger war, brachte ihm die Aktentasche des Barons, die er gerade entdeckt hatte.

»Das werden wir uns nachher ansehen! ... Behalt die Tür im Auge ... Laß niemand hinein und niemand hinaus ... Was Sie beide angeht, so habe ich Ihnen schon gesagt, daß Sie sich frei bewegen können ...«

Er machte den Eindruck, als sei er hier zu Hause, zog den Aschenbecher zu sich heran, und Marie fragte sich, ob er nicht etwa den Tabak ihres Mannes rauchte.

»Sollten Sie Ihrem Jungen nicht mal was zu essen geben?«

Sie ging in die Küche hinüber, und der Baron folgte ihr, weich und trübselig. Er wagte niemanden anzusehen und wußte nicht, was er mit seiner voluminösen Masse anfangen sollte. Er blieb lange am Fenster stehen und betrachtete den Regen, der auf die menschenleere Straße fiel. Der Himmel war von einem so neutralen Grau, daß man nicht hätte sagen können, ob es Abend oder Morgen war. Die verwaschenen Ziegelsteine der Häuser waren dunkel, und Gott weiß, was die Leute hinter den mit Kupfertöpfen und Fettpflanzen geschmückten Fenstern treiben mochten.

»Hier!«

Er drehte sich um. Marie hielt ihm unfreundlich eine Tasse Kaffee hin, während man durch die halbgeöffnete Tür den Rothaarigen am Schreibtisch sitzen und aus den Dokumenten ganze Passagen in sein Notizbuch abschreiben sah.

Marie brachte auch ihm achselzuckend eine Tasse Kaffee. Er hob den Kopf, sagte schlicht »danke« und machte sich wieder an die Arbeit.

Jedesmal, wenn Marie an ihm vorbeiging, schaute der Baron sonstwo hin, und einmal schließlich wagte er ihr ins Ohr zu flüstern:

»Haben Sie keine Angst!«

Er war jedenfalls der letzte, der sie beruhigen konnte! Wenn er ihr wenigstens noch gesagt hätte, wo Pierre war! Aber sie erriet es. Wenn er nach Amsterdam gefahren wäre, hätte er bestimmt kein Geheimnis daraus gemacht. Er konnte nur in Paris sein, und wenn sie ihn dort aufgriffen, kam er für mindestens ein Jahr ins Gefängnis.

»Wenn Sie hereinkommen wollen, Monsieur Baron?«

Die Aktentasche lag geöffnet auf dem Schreibtisch, und der Polizist hatte zwei ziemlich unerwartete Gegenstände daraus hervorgezogen, die auch erklärten, warum sie vorher so dick war. Es waren zwei Schiffe, das eine aus Holz, ziemlich plump gemacht, und das andere aus Kork, mit dem Taschenmesser geschnitzt, mit Schnüren, Holzstücken und Nadeln geschmückt.

»Wollen Sie mir das hier erklären?«

»Es ist nicht das, was Sie glauben«, sagte der Baron eiligst. Er wollte sagen: das hat nichts mit der Spionage, der nationalen Verteidigung oder sonst was ähnlichem zu tun.

»Sie finden in meiner Aktentasche die Erklärung ... Die blaue Mappe ... Ja, die hier! ... Es handelt sich um eine Erfindung, an der ich arbeite, ein unsinkbares Kanu, für das ich schon drei Patente eingeholt habe und für das ich gerade einen Käufer gefunden habe ...«

Es stimmte! Der Rothaarige spürte es. Und ohne zu lächeln, stellte er die beiden Schiffe vor sich, als wolle er damit spielen.

»Sind Sie deshalb in Brüssel?«

»Nicht eigentlich, aber ...«

»Und hierfür?«

Er zeigte anarchistische Broschüren, die ein ganzes Fach der Aktentasche ausfüllten.

»Die findet man überall«, verkündete der Baron. »Sie sind nicht einmal verboten!«

Von Zeit zu Zeit warf Marie, die sich wieder an ihre Hausarbeit gemacht hatte, einen Blick hinein. Schließlich wurde sie ungeduldig.

»Sind Sie nicht bald fertig?«

Das Eßzimmer war blau von Rauch. Der Kommissar hatte den Ofen auf Dauerbrand gestellt. Es sah nicht so aus, als glaubte er sich auf einer wichtigen Spur. Er machte seine Arbeit gewissenhaft, das war alles, vielleicht war er zusätzlich befriedigt, im Warmen zu sitzen in einem Zimmer, das ihm gefiel, während draußen der Regen fiel, befriedigt auch, den dicken Kerl zur Raserei zu bringen, den die Angst förmlich dahinschmelzen ließ, und die bleiche Madame Chave auf die Palme zu bringen.

»Ich wäre viel schneller fertig, wenn Sie mir endlich einmal sagen wollten, wo Ihr Mann ist...«

»Darüber weiß ich nichts!«

»Könnten Sie mir bestätigen, daß er heute nacht hier geschlafen hat?«

»Darüber weiß ich nichts!«

Und zum Baron: »Um wieviel Uhr hat Chave Sie verlassen?«

»Aber...«

»Beeilen Sie sich! Welchen Zug hat er genommen?«

»Glauben Sie mir...«

Von Zeit zu Zeit ging Marie ins Schlafzimmer, um sich über den Jungen zu beugen, der sich nicht beklagte und der mit rotem Gesicht und glänzenden Augen stundenlang in einem stumpfen Wachtraum die Decke anstarrte.

»Sollten Sie noch lange bleiben, würde ich einkaufen gehen ...«

»Bitte sehr ...«

Sie ging weg, eher vom Zorn als von der Notwendigkeit getrieben. Im Hausflur sah sie, wie die Tür der Hausbesitzerin ein Stück aufging, und sie war nahe daran, ihr die Zunge herauszustrecken oder zu weinen. Sie hatte sich einen Schal über die Schultern geworfen und hielt einen dicken Geldbeutel in der Hand. Sie betrat einen Laden an der Straßenecke, und eine der drei Hausfrauen, die warteten, bis sie an die Reihe kamen, fragte:

»Sind es die Masern?«

»Der Doktor weiß es noch nicht ...«

»Eine Masernepidemie im Quartier würde gerade noch fehlen!«

Sie kaufte ein Kotelett, für sich allein, denn sie wollte nichts an ihren Gewohnheiten ändern, dann kaufte sie Gemüse und die Zutaten für eine Suppe. Als sie zurückkam, schrieb der Kommissar immer noch, mit seiner kleinen, kräftigen Schrift, während der Baron sich ans Bett des Jungen gesetzt hatte, der eingeschlafen war.

Sie hatte es erwartet, weil sie ihre Wohnung genauso wiederfand, wie sie sie verlassen hatte. Und doch war sie plötzlich betroffen darüber, wie zusammenhanglos der Anblick war. Sie hätte nicht sagen können, ob es das blaugrüne Licht dieses Tages, der Geruch nach Fieber und übergekochter Milch oder aber der Anblick dieses ruhigen Fremden war, der an dem Platz saß, den Pierre hätte einnehmen sollen, an seinem Schreibtisch, und eine Pfeife rauchte, die seine Pfeife hätte sein können ... Zu allem Elend war da noch dieser aufgedunsene Baron mit den demütigen, ängstlichen Augen, der sie um Verzeihung zu bitten schien; da waren die beiden Schiffe, die auf dem Tisch standen, neben dem Tintenfaß, der zweite Polizist, der an der Tür saß und eine Zeitung las ...

Sie nahm zuerst die kleinen Pakete aus ihrem Einkaufsnetz, legte den Geldbeutel in die Schublade zurück, dann nahm sie ihr Taschentuch, um sich zu schneuzen, und erst danach begann sie zu weinen, ganz leise, weil sie den Eindruck hatte, daß weder sie noch Pierre noch der Kleine das alles verdient hatten.

Sie weinte, während sie ihre Suppe aufs Feuer stellte und das Gemüse putzte. Dann beobachtete sie heimlich den rothaarigen Polizisten, und als er endlich aufstand, besaß sie die Kraft, ihm nicht eine einzige Frage zu stellen, so zu tun, als übersehe sie seine Anwesenheit.

»Bring den Herrn in mein Büro«, sagte er und zeigte auf den Baron. »Ich habe noch einiges zu erledigen ...«

Er zog wieder seinen Überzieher an, setzte den Hut auf, nahm die Lederaktentasche mit den beiden Schiffen unter den Arm, grüßte Marie und ging als erster hinunter.

»Haben Sie keine Angst ...«, stammelte der Baron, als er hinter dem zweiten Polizeibeamten die Wohnung verließ.

Sie schaute lieber anderswohin, dann öffnete sie einen Spalt die Tür und hörte, wie der Rothaarige bei der Hauswirtin anklopfte, bei der er annähernd eine Stunde blieb.

Sie blieb mit ihrem Sohn allein, und sie hatte plötzlich den Eindruck, am andern Ende der Welt zu sein, an einem verlassenen Ort, von wo sie nie entfliehen könnte. Sie wagte nicht, aus dem Fenster zu schauen, so verhaßt war ihr der Anblick der ruhigen Straße, so fremd und feindlich schien sie ihr.

Und doch waren es jetzt fünf Jahre, daß sie in Brüssel lebten, fünf Jahre, daß sie Frankreich verlassen hatten, daß sie keinen Fuß mehr auf französischen Boden gesetzt hatten, fünf Jahre auch, daß ihr Vater ihr nicht mehr schrieb, wegen Pierre, und fünf Jahre schließlich, daß von Zeit zu Zeit Leute aus Paris kamen, immer aufgeregt und redselig, fast immer arm und ausgehungert, und sich im Arbeitszimmer mit ihrem Mann einschlossen.

Es war vorgekommen, daß sie ihren Mann, wenn sie in dem verrauchten Zimmer, in dem leere Gläser herumstanden, allein geblieben waren, gefragt hatte:

»Glaubst du, daß das die richtige Lösung ist?«

»Wenn es jeder so machen würde wie ich ...«, gab er zur Antwort.

»Ja, aber es macht eben nicht jeder so wie du ...«

»Wer weiß, ob nicht eines Tages ...?«

Es war auch vorgekommen, daß sie sich selber fragte, ob Pierre wirklich daran glaubte, aber sie hatte nie gewagt, ihm diese Frage zu stellen. Was wäre ihm noch geblieben, wenn er nicht daran geglaubt hätte?

Und doch wußte sie ... Nein! sie hatte nicht das Recht dazu! Sie wußte ... Dinge, die man sich nicht eingesteht, so wie der Baron sich nicht eingestehen konnte, daß er ein eitler Geck und ein Feigling war.

Trotzdem hatte Pierre bereits zehn Monate Militärdienst hinter sich, als in Bourges ...

Denn sie war ihm nach Bourges gefolgt! Sie

war von zu Hause weggegangen, um bei ihm zu sein! Da er nur seinen Sold hatte, arbeitete sie in einem Lebensmittelgeschäft.

Und eines schönen Tages – es war kein schöner Tag, da es regnete und nur traurige Dinge passieren sollten – hatte er schließlich gemerkt, daß sie schwanger war.

Natürlich war er schon damals nicht mehr so wie die andern, las Bücher, die man nicht in den Buchhandlungen findet, und schrieb Artikel, die man nicht veröffentlichen konnte.

Natürlich stand er sich auch seit einem Monat schlecht mit seinem Feldwebel, und die Sache drohte eine noch schlechtere Wendung zu nehmen.

Und dennoch, wenn *das* nicht gewesen wäre? Wenn Pierrot nicht gewesen wäre und die Unmöglichkeit, anders zu handeln, wären sie dann wirklich eines Nachts in einem Seitengang dritter Klasse über die Grenze gefahren?

Hätte sich Pierre, der gebildet war und intelligenter als alle Männer, die sie gekannt hatte, schließlich als Statist im Theater beworben? Würde er jetzt noch seinen Lebensunterhalt als Regieassistent verdienen? Und würde ...?

Sie hatte nie darauf angespielt. Er las ihr seine Artikel vor, die er an anarchistische Zeitungen schickte. Man hatte in Paris verbotene Broschüren von ihm veröffentlicht. Die Leute, die ihn besuchen kamen, sagten manchmal, zwischen Tür und Angel, zu Marie: »Er ist ein neuer Lenin!«

Und eine Frau, eine blatternarbige Frau, die in Paris ein politisches Attentat begangen und der Pierre in einer Bierstube in der Rue Neuve Arbeit besorgt hatte, rief sogar aus:

»Er ist ein Savonarola!«

Pierrot schlief immer noch nicht. Von Zeit zu Zeit öffnete er seinen kleinen Mund, um geräuschlos zu atmen, wie es die Fische tun, wenn sie den Kopf aus dem Wasser strecken, und Marie erschrak schließlich über seine Ruhe.

»Tut dir was weh?«

Er begnügte sich damit, den Kopf zu schütteln, so sanft, daß man an eine Sinnestäuschung glauben konnte.

»Was hast du denn?«

Und er, so als wolle er trotzdem etwas sagen:

»Durst!«

Angenommen, er wäre nicht geboren worden, hätte Pierre ...?

Züge fuhren vorüber, immer Züge, vom Morgen bis zum Abend, aber nur manchmal, wenn man darauf achtete, wurde das unerträglich.

»Da! ... Trink ...«

Er trank ohne Überzeugung, wobei er seine Mutter mit ernsten Augen ansah, was sie beunruhigte.

Vor nicht einmal einem Monat hatte Pierre Chave Robert folgendes geschrieben:

»... Vor allem aber teile mir viele Einzelheiten über die Neuen mit, unter anderem auch über diesen K., dem ich nicht traue. Ich weiß, daß Du aufrichtig bist, so wie mehrere unserer Freunde und sogar die meisten unserer Freunde. Aber wir dürfen nicht vergessen, daß nicht alle, die sich uns anzuschließen versuchen, aus Liebe zur Lehre handeln.

Es sind welche darunter, die das amüsiert. Es sind welche darunter, die das erregt. Es gibt auch Verräter und wiederum andere, die dunkle Ziele verfolgen.

Ich mag die Art nicht, wie K. eingeführt worden ist, so wenig wie die Rede, die er das letztemal gehalten hat. Ich hätte ihn gern gesehen, aber ich glaube nicht, daß er freiwillig nach Brüssel kommt.

Sobald ich etwas Geld zusammen habe, werde ich es Dir schicken, damit du herkommen und einen Sonntag mit uns verbringen kannst, denn ich bin sicher, daß Du mir vieles zu erzählen hast, und ich weiß, daß Du Dich vor einem Blatt Papier nicht wohl fühlst ...«

Es kam vor, daß er so Seiten um Seiten vollschrieb, wie man plaudert, ohne sich über das, was man sagt, Gedanken zu machen, und vielleicht sah er in diesen Augenblicken nicht mehr die Backsteinhäuser der Rue Snieder und die Fenster mit den Kupfertöpfen und den Fettpflanzen.

Er liebte Robert, wie er einen jüngeren und unglücklicheren Bruder geliebt hätte. Denn Robert war unglücklich, ganz und gar unglücklich, von Geburt an, so wie andere krank sind oder idiotisch.

Er war in einem Hotel im Stadtteil Saint-Paul zur Welt gekommen, als Sohn eines polnischen Vaters und einer Mutter, die Serviermädchen in einem billigen Restaurant war. Pierre kannte alle diese Einzelheiten, denn Robert sagte die Geschichte seines Lebens in der Art von Gedichten oder von Litaneien auf, daraus eine, wie man hätte meinen können, bittere Wollust schöpfend.

Sein Vater war von einer spezifischen Krankheit befallen, die er geerbt hatte, da er zu allem Überfluß vor der Zeit zur Welt gekommen war. Dann, als er noch kein Jahr alt war, hatte seine Mutter sich zusammen mit ihm umbringen wollen, mit Gas, wie die Armen.

Sie war allein gestorben, und er war am Leben geblieben. Ein ganzer Schwall von Unglück und Katastrophen war ihm zugestoßen. War nicht eines schönen Tages, als er elf Jahre alt und von der Fürsorge auf einem Bauernhof untergebracht worden war, sein Vater nach der Entlassung aus dem Gefängnis gekommen und hatte ihn zu sich geholt?

Hatte er sich nicht mit dreizehn Jahren von der Polizei bei einem Diebstahl in einer Auslage am Boulevard Barbès schnappen lassen?

Es war wirklich ein Wunder, wie er lesen und schreiben gelernt hatte, und dabei war das seine einzige Leidenschaft. Das ging so weit, daß er jetzt Radfahrerbote bei einer Zeitung war, nur um trotz allem dem Gedruckten näher zu sein.

»Dein Brief macht mir Kummer«, antwortete er Chave, »denn Du bist ungerecht gegenüber K. Aber Du bist eben ein reinrassiger Franzose und kannst ihn nicht verstehen. Ich hingegen, der ich slawisches Blut in den Adern habe, ich . . .«

K., den Pierre Chave nie gesehen hatte, war Serbe. Er war plötzlich mit Briefen mehrerer europäischer anarchistischer Zentren in Paris angekommen.

»Er ist erst dreißig Jahre alt«, schrieb Robert weiter, »und Gott weiß, daß er schon gute Arbeit geleistet hat. Wenn Du ihn sehen und vor allem hören könntest, ich bin sicher, Du würdest ihn genauso schätzen, wie wir alle ihn schätzen. Ich spreche natürlich nicht von Halbbürgern wie dem Baron, der wie ein Espenblatt zittert, wenn er ihn sieht . . .«

Ihr Briefwechsel war so etwas wie ein Wortwechsel zwischen Verliebten geworden. Chave konnte eine gewisse Eifersucht auf diesen K., dem er schließlich alle Verführungskünste andichtete, nicht leugnen. Er nahm es Robert übel, daß er sich nicht in acht nahm, daß er die Ideen des *andern* in sich aufnahm, während er bis dahin doch nur auf ihn, Pierre, geschworen hatte.

»... Ich spreche als der Ältere zu Dir, und leider habe ich allmählich eine gewisse Lebenserfahrung. Ich sehe in Brüssel vieles, auch solche Dinge, die uns beschäftigen. Ich erlebe viele Intrigen und viel Schwindel, und ich stelle mir noch schmutzigere Geschichten vor ... Ich möchte Dir noch einmal nachdrücklich ans Herz legen, Dich in acht zu nehmen vor ...«

War er aufrichtig oder einfach nur eifersüchtig? Gewiß beides. Es war nicht nur ein kleines Detail, das ihn aufbrachte. Seitdem K. zur Gruppe gehörte, hatte man doch tatsächlich beschlossen, das Lokal zu wechseln und sich in Puteaux zu treffen, an einem Ort, den Chave nie gesehen hatte.

Vorher konnte er sich die Zusammenkünfte noch vorstellen. Er kannte den kleinen Saal in der ersten Etage einer Kneipe an der Porte Saint-Ouen, und er glaubte den Lärm der Straßenbahnen zu hören, wie zu der Zeit, als er an diesen Debattierabenden noch teilnahm. Man hatte ihm zwar gesagt, daß die Straßenbahnen abgeschafft worden waren, aber das änderte nichts: für ihn fanden die Zusammenkünfte immer noch im Rhythmus der Straßenbahnen statt.

Er kannte Puteaux kaum. Man hatte ihn noch davon benachrichtigt, daß K. mehrere Genossen vorgestellt hatte, die wie er in ganz Europa herumgereist waren.

»... K. ist der Meinung, daß die Doktrin in unseren Köpfen ihre belebende Kraft eingebüßt hat und daß ...«

Acht Tage zuvor hatte Pierre Chave Robert aufgebracht geantwortet:

»... Ich wünsche, daß ich mich irre, aber ich frage mich allmählich, ob *dein* K. nicht ein gewöhnlicher Lockspitzel ist, zumindest aber ein Agent der 4. Internationale, mit der unsere Vorstellungen nichts gemein haben. Vergiß nicht, daß es in der letzten Botschaft Trotzkis hieß ...«

Und jetzt wollten sie eine Flugzeugfabrik in Courbevoie in die Luft sprengen! Oh, Pierre konnte sich schon denken, daß K. die Bombe bestimmt nicht dorthin tragen würde! Weder K. noch einer seiner Freunde!

Dieses Geschäft würde Robert übernehmen, den Chave erzogen und geprägt hatte und der seinem Einfluß erst seit einigen Wochen entglitten war!

Leider hatte der Baron nichts Genaues sagen können. Er wußte weder den Tag noch die Stunde, kannte nicht einmal den genauen Ort!

Und Chave fuhr mit seinem Fahrrad an der Seine entlang, kam zur Mittagszeit an die Brücke von Puteaux, betrachtete mißtrauisch dieses Städtchen, das er nicht kannte und von dem bald eine Katastrophe ausgehen würde.

Er konnte seine Freunde nicht aufsuchen, weder Robert noch den Drucker noch die andern, da er wußte, daß sie alle mehr oder weniger von der Polizei überwacht wurden.

Er selber war sich nicht sicher, ob man ihm nicht folgte. Auf dem ganzen Weg hatte er sich während des Fahrens ständig umgedreht. Konnte er darauf schwören, daß dieses Auto, jenes Taxi, die ihn überholt hatten, nicht einem anderen Wagen Anweisung gegeben hatten, ihn weiter zu beschatten?

Courbevoie lag dort unten, an der ersten Biegung der Seine, am Ende dieser noch grünen Insel mit den verschlammten Böschungen, die den Fluß durchschnitt.

Es regnete nicht mehr, aber Pierre war durchnäßt, durchfroren, und er ging in ein kleines Restaurant, wo er sich was zu essen bestellte.

»Man könnte meinen, daß Sie klatschnaß sind!« scherzte der Wirt.

Nicht nur klatschnaß, sondern so todmüde, daß er kaum einen Bissen herunterbekam, als das Essen vor ihm stand, und nachdem er ein Glas Rotwein getrunken hatte, spürte er, daß ihn die Augen stachen.

»Haben Sie ein Zimmer?«

»Für heute abend?«

»Für jetzt und für heute abend ... Ich bin sehr früh aufgestanden ...«

»Kommen Sie von weit her?«

Man mußte immer auf der Hut sein. Er gab irgend etwas zur Antwort und folgte dem Wirt ins Mittelgeschoß, wo ein Zimmer war, mit schmalem Fenster und roten Fliesen, wie auf dem Lande.

»Soll ich Ihre Kleider zum Trocknen aufhängen?«

Wenn er nicht so müde gewesen wäre, hätte er nein gesagt, denn es war nicht klug, ohne Kleider in einem Hotelzimmer zu bleiben und sich mit Haut und Haaren auszuliefern.

Egal! Er mußte schlafen. Es gab Augenblicke, wo er die Stimmen aus dem Theater zu hören, den Geruch der Bühne zu schnuppern glaubte, und er ertappte sich bei der Frage, ob man die Kommode Louis XVI, ein wichtiges Requisit des dritten Aktes, rechtzeitig angeliefert hätte.

Aber da waren nicht nur die roten Fliesen auf

dem Fußboden, sondern auch der Geruch war hier, mitten in der Bannmeile, ein Geruch nach Land, der Geruch eines Gasthofes am Ufer des Wassers, mit gebratenen Fischen, Schimmel in den Schränken und Klos, die aus einem Brett mit Löchern über der Grube bestanden.

Aus dem Schankraum unten drang Stimmengewirr herauf. Die Daunendecke war abscheulich, und Pierre ließ sie auf den Boden gleiten, dann hörte er das Telefon läuten und fragte sich, ob er Robert in der Zeitung anrufen solle.

Vielleicht hatte Pierrot die Masern? Der Baron würde am Morgen schon früh zu ihm nach Hause gehen und Marie eine Geschichte erzählen, die sie nicht glauben würde. Denn das war eine Tatsache: sie glaubte nie, was man ihr erzählte. Sie war das Mißtrauen in Person! Wer weiß, ob sie überhaupt alles glaubte, was Pierre ihr erzählte?

Das Außergewöhnlichste bei diesem Abenteuer war, daß er sich in Frankreich befand und daß er kaum daran gedacht, daß er sich nicht einmal darüber gefreut hatte! Er war in Frankreich, und er war mit dem Fahrrad gefahren, hatte Pläne geschmiedet, getrunken und gegessen, als ob er irgendwo gewesen wäre.

Wieder klingelte das Telefon ... Sollte der Wirt, mißtrauisch geworden, etwa imstande sein ...?

»Nachher ...« hatte er noch die Kraft zu denken.

Er war am Ende seiner Kraft. Er kenterte, versank in den Federn der Matratze, in Weichem, im leeren Raum und hatte dabei das Gefühl, daß er mit rasender Geschwindigkeit von einem Aufzug mitgerissen wurde. Trotzdem hatte er immer noch den Geruch der ländlichen Klos in der Nase und glaubte stundenlang, durch eine dünne Schicht Schlaf hindurch das Telefon zu hören.

3

Als er wach wurde, war es fünf Uhr morgens. Er hatte seit dem Nachmittag in einem Stück durchgeschlafen. Er fand den schon vertrauten Geruch wieder, Einzelheiten, die ihn anrührten, wie der innen mit geblümtem Papier ausgeschlagene Schrank und das zu kleine Fenster, das fast bis auf den Fußboden reichte – sein Zimmer mußte wohl von einem ehemaligen Pferdestall abgetrennt worden sein –, sowie die elektrische Lampe, die so gelb und so schwach war, daß eine Kerze heller gemacht hätte. Er hatte keine Seife, keine Toilettenartikel. Er fuhr sich mit etwas Wasser durchs Gesicht, und da er seine getrockneten Kleider vor der Tür fand, zog er sich an.

Trotz seiner Umsicht knarrten ein oder zwei Stufen der Treppe. Unten im Schankraum scheuerte das Dienstmädchen in Holzschuhen den Fußboden.

»Gehen Sie?« fragte sie, um etwas zu sagen.

»Nein! Ich war wach geworden. Ich will etwas frische Luft schnappen ...«

»Es regnet! Der Wirt wird gleich runterkommen und den Kaffee machen ...«

»Bis dahin vertrete ich mir noch die Füße ...«

Er war müde. Oder besser mißlaunig. Das war auch noch nicht das richtige Wort. Er war aufgeregt, nicht weil er gewichtige Gründe hatte, sich aufzuregen, sondern wegen nichts, wegen Kleinigkeiten, die unklare Erinnerungen, Nostalgien, unbestimmte Gefühle wiederbelebten.

Selbst dieser feine Regen, der in der Dunkelheit fiel und der ihn an den Kasernenhof erinnerte, morgens, wenn aus den Pferdeställen das Aufstampfen der Pferde dröhnte.

Er sah die Seine, die ganz in der Nähe vorbeifloß, eigentlich ein Arm der Seine, denn gegenüber erstreckte sich die Insel, Brachland eher als Park, und diese steilen, mit Unkraut bedeckten Böschungen erinnerten ihn ebenfalls an etwas.

Er ging auf Courbevoie zu. Er wußte, daß es gleich hinter der nächsten Brücke war. Er sagte sich, daß es besser sei, sich sofort aus dem Gasthof davonzuschleichen, denn wenn er sein Essen und sein Zimmer bezahlen müßte, bliebe ihm nicht mehr viel Geld. Es war ihm sehr unangenehm, er fühlte sich gedemütigt, aber es blieb ihm keine andere Wahl.

Seltsamerweise mußte er sich anstrengen, um an seine Aufgabe zu denken. Er war hier, um zu verhindern, daß eine Bombe explodierte, die mit Sicherheit zahlreiche Opfer fordern würde. Er blieb am Kai stehen, vor einem großen Motorkahn, in dessen Kabine Licht brannte. Er begann an die Leute zu denken, die da drin sich hastig anzogen und ihren Kaffee tranken.

»Eigentlich habe ich ihnen das Fahrrad gelassen«, sagte er zu sich und dachte an den Gasthof, den er gerade verlassen hatte.

Er war zu früh aufgestanden. Er hatte nichts zu tun. Er würde wieder klatschnaß werden, wie am Vortag, und doch war es unvermeidbar.

Man folgte ihm nicht. Von der Brücke von Neuilly bis zur Brücke von Courbevoie war er auf einer Strecke von einem Kilometer der einzige, der auf den Tagesanbruch wartete, mit dem es gute Weile hatte.

Er beobachtete die Häuser, eins nach dem andern. Außer einigen Häuschen, die sicherlich bewohnt waren, gab es nur Lager und Fabriken, und eines dieser Lager im Zwielicht machte ihn für einen Augenblick neugierig. Über dem Zaun sah er unter einem Gerüst riesige Stoffmauern, die manchmal ein Luftzug wie die Segel eines Schiffes aufblies. »Planen aller Art zu vermieten«, las er auf einem Emailleschild.

Er sagte zu sich, daß er, falls er sich zufällig irgendwo verstecken müßte, im Trockenen wäre, wenn er sich in eine dieser Planen einwickelte, wo niemand daran denken würde, ihn zu suchen. Er schaute sogar durch die Gitterstäbe am Tor, um sicherzugehen, daß kein Hund da war.

In Wirklichkeit wußte er nichts über die Zukunft, und sei es auch nur die unmittelbarste Zukunft. Er hatte Brüssel verlassen, ohne lange zu überlegen, weil er den Gedanken an ein Blutbad nicht ertragen konnte, aber jetzt, wo er an Ort und Stelle war, fühlte er sich nicht mehr so selbstsicher.

Wieder eine Fabrik, eine klassische Fabrik, mit dem Pförtner links, den Büros auf einer Seite, der Glocke über einer großen milchigen Uhr. Dann Backsteine, Ziegel entlang des Kais, ein Kran, Kähne, die umgedreht nebeneinander lagen, und schließlich bedeutendere Gebäude:

»Flugzeugbau Victor Roche!«

Er drehte sich plötzlich um. Hinter ihm war jemand gegangen. Es war eine Frau ohne Alter, die unter einem Haufen Säcke hervorkroch, wo sie die Nacht verbracht hatte.

Ihre Blicke begegneten sich. Sie sagten nichts

zueinander, aber eine Viertelstunde danach war Pierre Chave noch ganz beeindruckt davon.

Die Brücke von Courbevoie lag da, hundert Meter weiter, und Lastwagen begannen drüber zu fahren. Im Büro des städtischen Zollamts brannte Licht, ebenso wie in den beiden Kneipen, die die beiden Straßenecken bildeten.

Chave war so langsam gegangen, wie er nur konnte. Jetzt blieb ihm nur noch ein kurzes Stück Weg, bevor der Tag anbrach. Er ging über die Straße und betrat eines der beiden Cafés, stand vor der Theke zusammen mit einem Mann, der eine Anglerausrüstung bei sich hatte.

»Einen Kaffee mit Schuß!« bestellte er.

Und der Wirt setzte die Unterhaltung mit dem anderen Gast fort.

»Was hat er gesagt?«

»Daß, wenn das noch länger dauert, er lieber darauf verzichten würde ...«

»Weiß Gott! Das sage ich auch immer ...«

Wovon sprachen sie? Chave blieb fünf Minuten in dem Café, und er fand es nicht heraus. Er ging über die Brücke, marschierte, um zu marschieren. Er sah seinen Angler, der sich der Böschung an einer Stelle näherte, die ihm vertraut zu sein schien, denn im Lehm fanden seine Füße regelrechte Stufen, auf die sie traten.

War es möglich, daß es ein richtiger Angler

war? Autobusse fuhren vorüber; Leute kamen weiß Gott woher und gingen irgendwo hin. Der Pförtner aus der Flugzeugfabrik machte das Tor auf und führte auf dem Bürgersteig einen schönen Schäferhund spazieren.

Der Baron hatte nicht genau sagen können, für wann es sein sollte, noch wie man sich anstellen wollte. Es wurde jetzt hell, und Chave, der schon dran gewöhnt war, merkte es nicht. Das Leben umgab ihn. Einer der Krane wurde in Betrieb gesetzt und begann Ziegel auf dem Kai abzusetzen, wo die beiden Männer, die sie wegräumten, einen Sack wie eine Kapuze auf dem Kopf trugen.

Gott weiß, daß die Idee einer Bombe für Chave nicht neu war! Jahrelang war bei den Versammlungen und den vertraulichsten Gesprächen immer wieder die Rede von Terrorismus, und man diskutierte hitzig über die Texte, die nur von Mordwaffen handelten.

Daß er nun hier war, auf der Brücke, um sich schaute, die dahinfließende Seine sah, die vom Regen mit kleinen Silberkreisen durchlöchert wurde, den reglosen Angler beobachtete, der mit Füßen auf Kieselsteinen stand, die er wahrscheinlich hergebracht hatte, die Kähne betrachtete, den beweglichen Arm des Krans, die Männer, die anfingen, in die Flugzeugfabrik zu strömen, während der Schäferhund alle zehn Meter das Bein hob; daß er Gesprächsfetzen von Leuten hörte, die vorübergingen, und die Bremsen der Autobusse, immer an der gleichen Stelle, der Ruf eines Schleppdampfers, der aus der Schleuse von Suresnes kam ...

»Nein!« sagte er noch einmal nachdrücklich zu sich, so als hätte dieses Wort genügt, alles in Ordnung zu bringen.

Er ging einen zweiten Kaffee trinken. Als er herauskam, standen fünf Angler, jeweils einige Meter voneinander entfernt, im naßkalten Morgen.

Während seiner Fahrt von Brüssel nach Paris hatte er nur die einfachste Lösung ins Auge gefaßt, die ihm im Augenblick auch als die sicherste erschien. Er brauchte nur in der Nähe der Roche-Werke Wache zu schieben, dann würde er unweigerlich den kleinen Robert mit seiner Bombe kommen sehen ...

Das sind Vorstellungen, die man in der Ferne haben kann, die aber unrealisierbar sind, wie er jetzt spürte. Zunächst einmal hatte er schon festgestellt, daß die Angestellten nicht dasselbe Tor benutzten wie die Arbeiter, sondern das Werk durch eine Parallelstraße zum Kai betraten, wo die Büros waren. Woher sollte er wissen, ob es nicht die Büros waren, die man in die Luft sprengen wollte? Und wie sollte er zwei Eingänge gleichzeitig überwachen?

Und selbst ... Einmal angenommen, das Ganze dauerte nur zwei Tage ... Er war überzeugt, daß er in der Kneipe an der Ecke bereits aufgefallen war ... Er spazierte noch keine zwei Stunden auf dem Kai auf und ab, und der erste Angler hatte bereits mehrere Male nach ihm hingesehen ...

Er konnte noch so sehr seine Hände in den Taschen vergraben, an die Kähne heranschlendern wie jemand, der nichts zu tun hat: man bleibt nicht tagelang im Regen an einem solchen Ort!

Überdies fuhren Lastwagen in den Hof der Fabrik. Warum sollte der kleine Robert nicht auf einem dieser Fahrzeuge sein?

Den Drucker aufsuchen, der am Montmartre wohnte, und ihn auf die Suche nach Robert schicken? Chave wagte es nicht. Er wußte, daß jeder seiner Freunde in der Kartei war, mehr oder weniger überwacht wurde. Vielleicht war man dem Baron bei seiner Reise nach Brüssel gefolgt, so daß allem Anschein zum Trotz ein Polizist auf dem Kai sein konnte, der Chave im Auge behielt.

Er ging in eine andere Kneipe, schloß sich in der Telefonkabine ein und rief bei der Zeitung an, wo Robert arbeitete:

»Ich möchte mit einem der Radfahrerboten

sprechen, Mademoiselle«, sagte er zu der Telefonistin.

»Das ist verboten, Monsieur.«

Sie wollte aufhängen.

»Mademoiselle! ... Es ist in einer sehr dringenden Angelegenheit ... Nehmen Sie an, die Mutter dieses Jungen liegt im Sterben ...«

»Ich verbinde Sie mit der Verkaufsabteilung«, sagte sie gleichgültig.

»Hallo! Hallo! Ich möchte gern den Radfahrer Robert sprechen ...«

»Welchen Robert?«

»Den kleinen Robert, wie man ihn nennt ... Ein Magerer ...«

»Einen Augenblick ...«

Man ließ ihn so lange ohne Antwort, daß er schon glaubte, die Verbindung sei unterbrochen. In dieser Zeit versuchte man zweimal die Tür zur Telefonkabine aufzumachen.

»Hallo!«

»Hallo! Haben Sie nach Robert verlangt? Der ist schon seit zwei Tagen nicht mehr in der Zeitung gewesen ...«

»Wissen Sie nicht seine letzte Adresse?«

»Nein ... Was haben Sie von seiner Mutter erzählt?«

»Nichts ... Danke ...«

Er legte auf und fand sich Auge in Auge mit

dem Gast, der in die Kabine wollte und ihn musterte.

»Was schulde ich Ihnen?«

»Zwei Francs fünfzig ...«

Der andere hatte die Tür zur Telefonkabine aufgelassen und man hörte ihn sagen:

»Bist du's, Maurice? ... Hier ist Charles ... Alles klar, alter Junge! ... Bis heute abend ...«

Was war klar? Chave legte Wert darauf, das Lokal zu verlassen, bevor der Gast Zeit gehabt hatte zu bezahlen. Er ging schnell, lief auf dem Kai um die Backsteinpyramiden herum.

Und da stieß er fast mit der alten Landstreicherin vom Morgen zusammen, die auf einem Schubkarren saß und einen Ranken Brot aß. Sie schaute ihn wieder an. Warum schaute sie ihn so an?

»Guten Appetit«, stammelte er, so als wolle er sie besänftigen.

Aber sie gab keine Antwort, und er fragte sich, ob nicht auch sie ...

Wenn er sich allzu weit von der Flugzeugfabrik entfernte, bekam Chave Skrupel, denn er konnte nicht voraussehen, was während seiner Abwesenheit passieren würde. Blieb er jedoch in der Nähe, überkam ihn eine fast krankhafte Nervosität bei dem Gedanken, seine Gegenwart könne Aufmerksamkeit erregen.

So manches Mal schon war er an Kais dieser Art entlanggelaufen, doch nichts Besonderes hatte ihn dabei beeindruckt.

Jetzt entdeckte er eine neue Welt. Und zuerst die Angler! Er zählte sie. Zusammen mit denen auf der gegenüberliegenden Insel waren es, um zehn Uhr morgens, genau dreizehn. Dreizehn Angler auf einer Länge von weniger als zweihundert Metern, an einem Wochentag, während es immer noch regnete! Und einer von ihnen hatte seinen Platz bereits eingenommen, als es noch nicht ganz Tag war – als hätte er befürchtet, man nähme ihn ihm weg.

Und in der Kneipe an der Ecke! Es war die rechte Kneipe, eine Kneipe wie alle Vorstadtkneipen, mit einer Theke und einer schwarzgekleideten Wirtin vor den aufgestapelten Zigarettenschachteln. Irgendwelche Gäste gingen ein und aus. Was aber konnte ein Mann im blauen Überzieher tun, der seit halb neun morgens da war und, den Hut etwas zurückgeschoben, fast immer hinter der Glastür stand?

Die alte Landstreicherin, die Männerschuhe ohne Schnürsenkel trug, hatte sich entschlossen wegzugehen, aber sie war vielleicht nicht weit gegangen.

Und der Pole? Chave nannte ihn den Polen, weil seine Haare, an den Schläfen kurz geschnitten, von einem sehr hellen Blond waren, weil er einen engen Anzug trug, und weil er ihm schließlich wie ein Pole vorkam. Er war sicherlich nicht reich, denn seine Kleider waren abgenutzt, und wenn er ging, sah man, daß seine Sohlen Löcher hatten.

Aber mein Gott, was für einen Spaß konnte ihm das wohl machen, am Kai entlang einen kleinen, häßlichen Hund spazierenzuführen und nur stehenzubleiben, um die Kähne zu betrachten?

Einen Augenblick lang fragte sich Chave, ob es nicht der berüchtigte K. sei ... Der Gedanke war albern, denn die Beschreibung, die man ihm von K. gegeben hatte, entsprach in keiner Weise dem Aussehen des Polen.

Und doch! Was trieben diese Leute auf einem gräßlichen Kai, während es regnete und es nichts zu sehen gab? Alles zog sie an! Manche blieben eine gute Viertelstunde stehen, um einen der Angler zu betrachten und fanden sich erst damit ab weiterzugehen, nachdem sie sich versichert hatten, daß sie nicht einmal den Fang eines Weißfisches sehen würden!

Vor allem die Kähne erregten ihre Bewunderung. Da war zum Beispiel ein brauner, mit einer belgischen Fahne. Durch gehäkelte Gardinen hindurch sah man Leute wie in einem Haus ihr Familienleben führen, während der Kran im Bauch des

Schiffes unentwegt Ziegel tankte. Chave bemerkte ein kleines Mädchen von sieben oder acht Jahren, und das erinnerte ihn an Pierrot, der vielleicht die Masern hatte.

Auf einmal wurde er rot. Ein junges Mädchen ging dicht an ihm vorüber, ohne Hut, eine Schürze unter ihrem nicht zugeknöpften Mantel und eine Einkaufstasche am Arm.

»Haben Sie keinen Hunger?« rief sie ihm zu.

Es war das Serviermädchen des Gasthauses, in dem er die Nacht verbracht hatte. Er hatte den Eindruck, bei einem Vergehen ertappt worden zu sein. Und in der Tat hatte er nicht die Absicht, in das Gasthaus zurückzukehren, doch er tröstete sich, indem er zu sich sagte, daß das Fahrrad mehr wert war als der Betrag seiner Rechnung.

Der Pole war verschwunden, was nichts zu bedeuten hatte. Er war vielleicht etwas weiter, hinter einem Baum! Und der Mann in Blau war einfach nicht aus der Kneipe zu kriegen, wo er sich von Zeit zu Zeit mit dem Ellbogen auf die Kasse stützte, um mit der Wirtin zu plaudern.

Hatte die Polizei von irgend etwas Wind bekommen? Das war möglich, und es war genau das, was Chave erschreckte. Zweimal in weniger als drei Jahren hatten sie den Beweis erhalten, daß Genossen in der Rue des Saussaies alles erzählten, was sie wußten. Er hatte einen Artikel darüber geschrieben, worin er sagte, daß die Polizei größeren Eifer an den Tag legte, eine Handvoll Leute zu überwachen, die von ihrem Ideal getrieben wurden und niemandem etwas zuleide taten, als die Gesellschaft vor den echten Banditen zu schützen.

Warum war der kleine Robert seit zwei Tagen nicht mehr in der Zeitung erschienen? Das war unvorsichtig, denn es konnte Mißtrauen erwecken.

Als er das letztemal geschrieben hatte, wohnte er in der Nähe der Place des Vosges, bei einer reifen, verwitweten Concierge, die es gut mit ihm meinte.

Manchmal, wenn er unter einem Baum hindurchging, fiel ein klarer, eisiger Wassertropfen auf ihn herab, und fast immer aufs Auge oder auf die Nase. Es waren Bänke da, aber sie waren naß. Die Kranarbeiter hörten auf zu arbeiten, um zu vespern, und die Schiffersfrau gab ihnen ihren Kaffee, den sie aufgewärmt hatte.

Chaves Energie löste sich auf und sein Vertrauen noch mehr. Er fragte sich schließlich, was er hier überhaupt tat und warum er sich in Dinge einmischte, die ihn nichts angingen, während seine Frau und sein Sohn in Brüssel waren.

Die Polizei besaß seine Personenbeschreibung, nicht nur als Anarchist, sondern auch in seiner

Eigenschaft als Deserteur. Der geringste Zwischenfall genügte, ein Polizeibeamter, der ihn genauer ansah, die Indiskretion eines Zimmervermieters ...

Um elf Uhr ertönte eine Sirene, und die Arbeiter der Roche-Werke strömten heraus, während Chave sie grob zählte und ihre Zahl auf ungefähr dreihundert schätzte. Ein Lastwagen parkte unweit des Tors, und das beunruhigte ihn doch immerhin so, daß es ihn daran hinderte, wie die andern essen zu gehen.

Er hatte gerade seine letzte Zigarette geraucht. Er beschloß, sich in der Kneipe an der Ecke wieder welche zu kaufen. Diesmal war seine Aufmerksamkeit, vielleicht aus Ermüdung, nicht wach. Er dachte an etwas anderes, als er die Klinke niederdrückte und die Glastür aufstieß. Er ging zur Theke und zählte dabei das Kleingeld in seine Hand.

»Ein Päckchen Gauloises ...«

»Blaue?«

Hinter der Theke war ein Spiegel, und genau in dem Augenblick, in dem er die Hand ausstreckte, um seine Zigaretten entgegenzunehmen, sah er in diesem Spiegel das Bild des Barons. Er überlegte nicht. Es war instinktiv.

Er bezahlte und ging so schnell er konnte hinaus, wobei er jemanden anrempelte, der hereinkam. Er bog in die Straße rechterhand ein, statt auf den Kai zu gehen. Er fragte sich, was das zu bedeuten hatte, versuchte sich an den Gesichtsausdruck des Barons zu erinnern, der ihn, dessen war er sicher, angesehen hatte.

»Dieser Dummkopf!« brummte er.

Er wandte sich nach links, um wieder auf den Kai zu kommen. Er wußte, daß der Baron der ungeschickteste, dämlichste aller Menschen war. Er war imstande, nach seiner Rückkehr aus Brüssel in aller Unschuld nach Courbevoie zu kommen, um Chave zu sehen, ohne triftigen Grund, nur um ihm die Hand zu drücken und ihn mit seiner immer um einen Ton zu hohen Stimme zu fragen:

»Und?«

Und wenn der Mann in Blau von der Polizei war? Und wenn der Baron überwacht wurde? Und wenn ...?

Er blieb jäh stehen, denn ein anderer Gedanke kam ihm: der Baron konnte aber auch dringende Nachrichten für ihn haben, Nachrichten über Pierrot zum Beispiel ...

Aber nein! Aber nein! Die Masern bringen ein Kind nicht in Gefahr ... Jeder hat einmal die Masern gehabt ...

Er ging weiter. Er blieb stehen.

Bloß, der Doktor war nicht sicher, ob es die

Masern waren ... Seit einigen Tagen klagte Pierrot über Bauchschmerzen ...

Er drehte sich um, um sicherzugehen, daß der Baron ihm nicht folgte. Es war niemand auf dem Bürgersteig. Die Leute vom Kran aßen immer noch, sie saßen auf Ziegelsteinen, geschützt von einer Plane, die sie behelfsmäßig angebracht hatten.

Chaves Nervosität wurde zur Panik. Er begriff nicht, was der Baron auf der Brücke von Courbevoie zu suchen hatte, denn seine Anwesenheit dort war gegen alle von der Gruppe festgesetzten Vorsichtsmaßregeln.

Im Augenblick selbst hatte Chave zwar nichts bemerkt, aber er war jetzt sicher, daß der andere seine lächerliche Aktentasche eines Geschäftsmanns in der Hand hatte und einen Pernod trank.

Es war Mittag. Die Sirenen heulten so ziemlich überall, und Chave entschloß sich, den Kai für einen Augenblick zu verlassen und in die Parallelstraße zu gehen, wo er ein kleines Restaurant für Lastwagenfahrer bemerkt hatte. Es waren keine Lastwagenfahrer, die dort saßen, sondern die Maurer einer nahegelegenen Baustelle, mit ihren weißen Kitteln und ihren gipsgeschminkten Gesichtern.

Der Rothaarige, der Kommissar Meulemans hieß und nie seinen Hut abnahm, weil er kein einziges Haar mehr auf dem Kopf hatte, war genauso natürlich zurückgekommen wie zum Beispiel der Arzt. Er hatte angeklopft und war hereingekommen, wozu er einfach sagte:

»Ich bin's wieder ...«

Dann hatte er gelächelt, ein übrigens recht nettes Lächeln, und hatte gefragt:

»Geht's ihm besser?«

Da er die Wohnung kannte, konnte er auf die Tür zeigen, hinter der es dem Jungen tatsächlich besser ging. So gut, daß der Arzt schon dachte, daß es möglicherweise gar nicht die Masern waren.

»Was wollen Sie?«

»Sie dürfen nicht wieder böse sein, ja? Jeder muß seinem Beruf nachgehen, und das ist gar nicht immer so angenehm ...«

Sein Ton hob die Vertraulichkeit und die Gutmütigkeit seiner Worte noch hervor, und eigenmächtig betrat er das Eßzimmer, nachdem er festgestellt hatte:

»Es riecht gut bei Ihnen!«

Es war Nachmittag. Marie Chave hatte gerade an einer Ecke des Küchentischs zu Mittag gegessen, und man sah noch den Knochen eines Koteletts auf ihrem Teller. Sie wollte gerade das Geschirr waschen, als der Polizist hereingekommen war.

»Sagen Sie mal, Ihr Freund Baron ist wirklich ein komischer Vogel ...«

Und während er das sagte, zog er seinen Überzieher aus, den er sorgfältig zusammenlegte, das Seidenfutter nach außen, entschloß sich endlich, seinen Hut abzunehmen, wobei er lächelnd auf seinen Schädel zeigte:

»Was sagen Sie dazu? Und da behauptet man noch, daß wir bei der Polizei keinen Ärger haben! ... Sehen Sie mich doch nicht so an! Sie sehen doch, daß ich hier bin, um meine Arbeit zu machen, nicht wahr?«

»Haben Sie Nachrichten von meinem Mann?«

»Ich habe *fast* Nachrichten! Sie sehen, daß ich nett zu Ihnen bin! Ich könnte den Mund halten, aber ich sage Ihnen, daß ich *fast* Nachrichten habe ...«

»Wo ist er?«

»Wissen Sie das nicht besser als ich?... Das ist gut möglich! ... Wir haben im Theater eine Untersuchung angestellt und dabei herausgefunden, daß er bei seinem Weggang ein Fahrrad mitgenommen hat ... Es war elf Uhr, nicht ganz ... Darauf haben wir auf den Bahnhöfen unsere Nachforschungen angestellt, nicht wahr, und da war nur ein Fahrrad aufgegeben worden, und zwar im Zug nach Mons ...«

Die Ellbogen auf dem Tisch, stopfte er sorgfältig seine Meerschaumpfeife.

»Verstehen Sie, was das bedeutet? Meiner Meinung nach ist er nach Frankreich gegangen, denn um in Mons zu bleiben, brauchte er das Fahrrad nicht mitzunehmen ... Wir werden es noch heute abend erfahren ...«

»Wie?«

Sie war immer noch in der Schürze, den Teint von der Müdigkeit getrübt, und bei der Ankunft des Polizisten hatte sie sich nicht die Mühe gemacht, sich zu kämmen.

»Ich will es Ihnen mal sagen ... Wir haben immerhin einen Inspektor ›auf‹ der Tür stehen und wir lassen Sie nichts tun, was wir nicht wüßten ... Ich habe den Baron zum Bahnhof gebracht ... Dann habe ich mit der französischen Polizei telefoniert, und die haben ihm ab der Grenze mit Sicherheit jemanden auf den Hals gehetzt, nicht wahr? ... Aber das ist doch kein Grund zu weinen ...«

»Ich weine nicht!«

»Nein! Aber Sie würden es am liebsten tun ... Auf jeden Fall ist es nicht meine Schuld ... Ich habe nur meine Instruktionen bekommen ... Warum setzen Sie sich nicht einmal hin?«

»Danke ...«

»Ich bin wiedergekommen, weil ich lange mit Paris telefoniert habe, und es gibt Papiere, die ich noch einmal lesen möchte ...«

Am Vortag hatte es einen Zwischenfall gegeben. Nach dem Fortgang der Polizei war Marie hinuntergegangen, um das Brot zu kaufen, das sie vergessen hatte. Die Hauswirtin hatte hinter der Glastür ihrer Küche auf sie gelauert und war herausgestürzt.

»Das ist für Sie!« hatte sie ihr feierlich erklärt.

Es war ein Brief, ein Brief, in dem man ihr mitteilte, daß sie die Wohnung zum Monatsende verlassen müsse.

»Aber ... Ich verstehe nicht ...«

Und die schwachsinnige Alte sagte darauf, indem sie sich steif aufrichtete:

»Erlauben Sie mir bitte, daß ich mich in Zukunft nicht mehr kompromittiere, indem ich das Wort an Sie richte. Zwei meiner Söhne sind im Krieg gefallen ...«

Im Augenblick ließ sich Kommissar Meulemans häuslich nieder, als hätte er die Absicht, den ganzen Nachmittag über zu arbeiten, und er hatte ein Päckchen Tabak und eine Schachtel Streichhölzer neben sich gelegt. Als er eine Schublade aufzog, fand er ein Päckchen grauen Tabaks, den Genossen, die auf der Durchreise waren, Chave brachten.

»Kann ich mir mal eine Pfeife davon stopfen?« fragte er.

Man hätte glauben können, daß sich völlig

unbedeutende Dinge ereigneten. Meulemans, dessen Beruf es war, Leute ins Gefängnis zu schicken, war ihnen darüber nicht böse und noch viel weniger ihren Frauen. Manchmal warf er Marie verstohlen einen kurzen, ziemlich bewundernden Blick zu, denn sie flennte nicht wie die andern.

»Ich frage Sie nicht, ob Sie seit gestern Nachrichten bekommen haben; ich weiß, daß Sie keine bekommen haben, weil ich Sie überwachen lasse ... Wenn Sie zum Beispiel etwas darüber wissen, was sich da anbahnt, werden Sie besser daran tun, es zu sagen ...«

»Was soll sich denn anbahnen?«

»Sie werden doch nicht behaupten wollen, nicht wahr, daß Ihr Mann für nichts und wieder nichts nach Frankreich gegangen ist, wo er eine Gefängnisstrafe riskiert ...«

»Vielleicht ist er gar nicht nach Frankreich gegangen?«

»Der Baron ist auch nicht für nichts und wieder nichts nach Brüssel gekommen!«

Zufrieden über sein nichts und wieder nichts, brachte er es bei jeder Gelegenheit an.

»... Und Ihr Mann hat auch nicht für nichts und wieder nichts ein Fahrrad mitgenommen ...«

Er fühlte sich zu Hause, derart zu Hause, und seine Gebärden waren so natürlich, daß Marie manchmal, wenn sie ihn am Schreibtisch ihres

Mannes sitzen sah, die Stirn von Rauch umgeben, für einen Augenblick verwirrt war.

»Sie haben vorhin zu mir gesagt, es würde sich etwas anbahnen ...«

»Das behaupte nicht ich«, sagte Meulemans, »das behauptet die Pariser Kriminalpolizei. Sie hat einen anonymen Brief bekommen, in dem es heißt, daß die Woche nicht ohne ein anarchistisches Attentat vorbeiginge. Die Lage ist so schon gespannt genug, nicht wahr? Wegen der Streiks...«

Und sie, aufrichtig: »Pierre macht bei so was nicht mit!«

»Warum ist er dann nach Frankreich gegangen?«

»Er ist nicht nach Frankreich gegangen.«

»Warum ist er dann weggegangen?«

»Quatsch! Sie gehen mir langsam auf die Nerven! Ich habe anderes zu tun, als Ihnen zuzuhören ...«

Sie ging hinaus und schlug die Tür zu, schlurfte in die Küche, dann ins Schlafzimmer, wo der Kleine eingeschlafen war. So manches Mal preßte sie ihr Ohr an die Tür, doch hörte sie nichts als von Zeit zu Zeit das Rascheln eines Blatts Papier oder einen Seufzer von Meulemans, der arbeitete.

Gegen vier Uhr öffnete er schließlich ein Stück die Tür.

»Sind Sie immer noch verärgert?«

Man sah buchstäblich den Pfeifenrauch aus dem Zimmer kommen, in dem die Luft zum Schneiden war.

»... Weil, wenn Sie nicht mehr verärgert sind, würde ich Sie um eine kleine Tasse Kaffee bitten. Sie brauchen mir keinen zu geben. Aber ich habe noch mindestens zwei Stunden zu arbeiten ...«

Sie beschloß, ihm den Kaffee zu machen. Er hatte sich wieder an die Arbeit gemacht, wobei er ganze Manuskriptseiten ihres Mannes abschrieb, und sie stellte fest, daß er nicht vergessen hatte, den Ofen zu schüren.

»Danke! Sie sind sehr lieb ... Wissen Sie, ich ...« Er schien sagen zu wollen: »Ich tue nur, was ich muß!«

Sie versicherte: »Pierre ist nicht imstande, auch nur einer Fliege etwas zuleide zu tun ...«

»Ich glaube auch nicht, daß er es auf die Fliegen abgesehen hat ...«

»Sie sind dumm!«

»Danke!«

Sie hätte gern mehr gewußt, aber sie hatten sich wieder einmal überworfen, und im Schlafzimmer nahm sie eine Näharbeit auf. Um sechs Uhr hielt sie es nicht mehr aus, und nachdem sie mechanisch angeklopft hatte, machte sie die Tür auf.

»Sind Sie immer noch nicht fertig? Glauben Sie

vielleicht, daß ich Ihre ganze Tabakasche aufwischen werde?«

Er war wirklich verwirrt, und sich entschuldigend wischte er die Pfeifenasche, die wirklich den Schreibtisch beschmutzte, mit einem Karton und mit der Hand zusammen.

»Ich werde Ihnen mal was Gutes raten. Wenn Sie die Möglichkeit haben, ihn nach Belgien zurückzuholen ...«

»Ich habe Ihnen doch schon gesagt ...«

»Ich weiß, was Sie mir gesagt haben. Bloß, wenn Sie darüber nachdenken, werden Sie vielleicht einen Trick finden, mit ihm in Verbindung zu treten. Ich habe nichts davon, nicht wahr? Ich schreibe meinen Bericht, und von jetzt an ist das eine Sache der französischen Polizei. Bloß, wenn er geschnappt wird, und er wird mit Sicherheit geschnappt, könnte ihn das sehr teuer zu stehen kommen ...«

»Was wollen Sie damit sagen?«

»Daß die Franzosen vieles verzeihen, aber keine Bomben ...«

»Mein Mann ...«

»Ihr Mann ist genau in dem Augenblick weggefahren, in dem ein anarchistisches Attentat angekündigt wird. Die ganze Korrespondenz, die ich gerade abgeschrieben habe, beweist, daß er mit den Anarchisten in Verbindung stand – nicht wahr? – daß er ihnen Ratschläge erteilte, sie führte ...«

»Ich schwöre Ihnen, daß ...«

Die Leute von gegenüber, die von der Hausbesitzerin informiert worden waren, bewegten manchmal ihre Vorhänge, und an diesem Abend ließen sie die Läden viel später herunter als gewöhnlich.

»Sie haben mir eine Tasse Kaffee gegeben, und das ist nett ... Wenn ich Ihnen sage, was ich Ihnen sage ...«

Sie ließ ihn gehen. Sie war niedergeschmettert. Sie hörte, wie er geräuschlos die Tür schloß und die Treppe hinunterging. Die Alte hatte bestimmt im Korridor auf ihn gewartet, denn es verstrich mehr als eine Minute, bevor die Eingangstür ebenfalls auf- und wieder zuging.

Schließlich ging Marie Chave, bevor sie die Lampe anzündete, ans Fenster und entdeckte unter der Gaslaterne des gegenüberliegenden Bürgersteigs die Silhouette eines Mannes. Er hatte sich in einen Hauseingang gestellt und las eine Zeitung, wobei er hin und wieder zum Haus hochsah.

Im Gitterbett bewegte sich jemand. Sie wartete darauf, Pierrots Wort zu hören: »Durst!«

Doch er war nicht wach geworden. Er träumte. Er hatte sich herumgedreht und murmelte kraftlos: »Ich will nicht, Mam ...«

Mam, das hieß Mama. Was wollte er nicht? Wohin führten ihn seine Träume?

Sie ließ die Rollos herunter und ging ins Arbeitszimmer, wo Meulemans als korrekter Beamter Pierres Papiere wieder an ihren Platz gelegt hatte.

4

Gegen drei Uhr sah es aus, als würde die Landschaft viel größer werden. Der Himmel, der während des ganzen Tages dicht über den Bäumen gehangen hatte, war zurückgewichen und bestand jetzt nicht mehr aus einer Masse schwerer Wolken, sondern aus einem flüssigen, klaren, gelblichen Stoff, der das Vorhandensein einer Sonne irgendwo erahnen ließ. Gleichzeitig wichen auch die Häuser zurück; die Straßen wurden breiter, und die Kähne, die am Morgen farblos waren, bekamen wieder Leben und Relief, während Lichtreflexe auf dem Wasser entstanden.

Als Chave an der Kneipe neben der Brücke vorbeigekommen war, hatte er einen Blick ins Innere geworfen und dabei weder den Mann in Blau noch den Baron erblickt. Obgleich der Regen aufgehört hatte, waren nur noch halb soviel Angler da wie am Morgen, und die alte Landstreicherin war endgültig verschwunden.

Diese kleinen Feststellungen gaben Chave, zusammen mit der Tatsache, daß er gerade zu Mittag gegessen, dann Kaffee und Rum getrunken hatte, ein wenig seine Sicherheit zurück. Allerdings hatte er mit der ersten Äußerung dieser Sicherheit keinen Erfolg!

Der Pförtner der Flugzeugfabrik führte seinen Hund wieder spazieren, doch diesmal auf dem Kai selbst, wo das Tier am Fuße der Bäume schnüffeln konnte. Es war fünfzig Meter von den Kähnen entfernt, die entladen wurden, während die Sonnenstrahlen sich anstrengten, durchzubrechen und dicke, lustige Tropfen von den Bäumen fielen.

»Ist er bissig?« fragte Chave den Mann, der geduldig wartete, bis der Hund seine Notdurft verrichtet hatte.

Er empfing zunächst einen langen Blick, der ihn von Kopf bis Fuß einhüllte, bei gewissen Einzelheiten seiner Person verweilte, wie etwa einem Knopf, der am Regenmantel fehlte, und schließlich drehte ihm der Pförtner, ohne ein Wort zu sagen, den Rücken zu, überquerte die Straße, pfiff seinem Hund:

»Hierher, Dick!«

Es war soviel wie nichts, und doch genügte es, Chaves Geistesverfassung zu ändern. Und nicht nur das, sondern auch das Aussehen, das das ihn umgebende Stück Universum annahm, die prachtvolle Rostfarbe der welken Blätter, das Rot der seltsam angestrahlten Backsteine und das Wasser, das mit den glänzenden Wellenbewegungen glatt wurde, und diese fast menschenleere Insel gegenüber, die an das flache Land erinnerte.

Der belgische Schiffer hatte es sich auf dem Heck seines Schiffes bequem gemacht und sah zu, wie die Handwerker arbeiteten, während seine blauen Augen nichts anderes erkennen ließen als Ruhe.

Warum war Chave nicht imstande, ebenfalls Ruhepausen einzulegen, es zu tun wie die andern, zu leben ohne daran zu denken, anstatt ständig von seinen Ideen angenagt zu werden, die ihm jede Freude nahmen?

Die Geschichte mit dem Hund: Nicht der Hund war bissig. Der hob das Bein, und Chave hatte freundlich das Wort an seinen Herrn gerichtet, der ihn betrachtete. So einfach war das! Sie konnten gemütlich miteinander reden.

Und sogar ... Bei weniger Bosheit oder Bissigkeit oder Dummheit, hätte nicht Chave sagen können:

»Sie sind der Wächter der Flugzeugfabrik ...

Ich weiß, daß ein Anschlag gegen das Werk vorbereitet wird ... Dutzende von Arbeitern laufen dabei Gefahr, ihr Leben zu lassen, und Sie werden fast mit Sicherheit unter den Opfern sein ... Wenn Sie mir helfen wollten ...«?

Chave lachte mitleidig. Hätte er das getan, so hätte ihn der Mann noch viel mißtrauischer angesehen, er hätte ihn für einen Verrückten oder einen Komplizen der Übeltäter gehalten und von der Polizei verhaften lassen!

Was brachte es ihm also ein, daß er sich so abplagte, daß er sich soviel Mühe gab und das Risiko auf sich nahm, ins Gefängnis zu kommen? Er war durchnäßt gewesen, und er fragte sich, ob er sich nicht erkältet hatte, denn er holte sich leicht den Schnupfen, vor allem aber, wenn er einmal den Schnupfen hatte, war es für den ganzen Winter.

Plötzlich zuckte er zusammen. Er schaute zur Brücke hinüber und sah zwischen den Lastwagen ein Fahrrad auftauchen, das auf den Kai einbog. Der Radfahrer war ein junger Mann mit einer Mütze, der, als er an der Fabrik vorüberfuhr, den Kopf in diese Richtung drehte, danach kräftig in die Pedalen trat und zur Brücke von Neuilly weiterfuhr.

Wenn Chave sein Fahrrad dabei gehabt hätte,

hätte er ihn einholen können, denn es war der kleine Robert, der gerade vorbeigekommen war. Genau in dem Augenblick, in dem so etwas wie eine kurze Windstille eingetreten war und die Sonne, bevor sie unterging, eine flüchtige, goldene Liebkosung anbrachte! In dem Augenblick auch, in dem Chave spürte, wie seine Überzeugung in diesem Drama und sein Glaube an das begonnene Werk schwächer wurden!

Robert trug wie immer eine alte Mütze mit zerbrochenem Schirm, eine zu lange Jacke, die man ihm geschenkt hatte. Er war gekommen, um sich einen Überblick über die Örtlichkeiten zu verschaffen, das war sicher. Und er würde wiederkommen!

Wenn Chave nicht allein gewesen wäre, wäre er in Zorn geraten. Würden die Menschen sich denn nie einigen können?

Dort standen welche, die angelten, die ihren Platz hierfür gewissermaßen reserviert hatten, denn in den Lehm der Böschung waren Stufen gegraben. Ein anderer rauchte auf seinem Kahn. Andere tranken in den Kneipen oder fuhren Auto, Lastwagen, und einer war vorbeigeradelt und hatte sich nach der Stelle umgesehen, wohin er eine Bombe werfen würde!

Er fröstelte. Vielleicht seine nassen Kleider? Er machte den Fehler und setzte sich auf eine Bank, während ein feuchter Nebel von der Erde aufstieg und es langsam Nacht um ihn wurde.

Er dachte an einen Haufen Dinge, vor allem an unangenehme Dinge, die er absichtlich in seinem Gedächtnis suchte, Dinge wie die Geschichte mit dem Hund, aber noch schlimmer, die es ihm erlaubten, die Menschen zu verachten. Er hatte den Kragen seines Regenmantels hochgeschlagen und die Hände in den Taschen vergraben.

Zur selben Stunde sprach man im Büro des Innenministers über ihn. Es fand eine Konferenz statt, wie es heißt. Unter der matten Glasglocke der Lampe, in einem mit offiziellen Stichen geschmückten unfreundlichen Zimmer sahen sich besorgte Persönlichkeiten gegenseitig an und machten bisweilen mit der Spitze ihres Bleistifts eine Notiz.

»Hat man den Schreiber des anonymen Briefes nicht gefunden?«

»Nein. Es ist natürlich einer aus der Gruppe, aber ich glaube nicht, daß es einer unserer gewöhnlichen Spitzel ist . . .«

»Könnte es nicht ein schlechter Scherz sein?«

»Das glaube ich auch nicht. Es gärt bereits seit einiger Zeit in den anarchistischen Kreisen. Neue Elemente sind aus dem Ausland gekommen . . .«

»Und wann glauben Sie soll es sein?«

»Morgen oder übermorgen, auf jeden Fall noch diese Woche. Wir halten die Verdächtigen im Auge. Brüssel hat uns wertvolle Informationen geliefert. Ein gewisser Baron ist dort aufgetaucht, um sich mit Chave zu besprechen, einem Deserteur, der in den meisten anarchistischen Blättern schreibt. Chave ist sofort verschwunden, und man nimmt an, daß er nach Frankreich gekommen ist. Einer unserer Männer beschattet Baron von der Grenze ab, und ich habe gerade Nachrichten über ihn bekommen. Baron streift um die Brücke von Courbevoie herum, keine hundert Meter von den Flugzeugwerken entfernt.«

Alles das geschah ruhig, verwaltungsmäßig, und der Amtsdiener mit der Silberkette verkündete den Besuchern, daß »die Herren in einer Sitzung seien«.

»Ich habe vier Mann einzeln weggeschickt, um die Gegend zu überwachen . . .«

Jetzt, wo es völlig dunkel war, stand Chave auf und fuhr sich mit der Hand über die Stirn, betrachtete stirnrunzelnd die Gaslaternen, die längs der Seine eine dürftige Girlande bildeten.

Er mußte etwas Warmes trinken, und er begab sich nicht in die Wirtschaft, wo er die Zigaretten gekauft hatte, sondern in die Kneipe von gegenüber, ohne bestimmten Grund, nur zur

Abwechslung. Er stieß die Glastür auf und stützte die Ellbogen auf die Theke, verlangte einen Kaffee, ließ seine Blicke um sich schweifen.

In einer Ecke spielten Leute Karten, und plötzlich kreuzten sich zwei Blicke, ein Schock entstand: einer der Spieler, der größte, der dickste, der lauteste, der ganz stolz aussah und ganz glücklich, dazusein, war kein anderer als der Baron!

Seine erste Reaktion war eine leichte Röte der Verlegenheit, wie jedesmal, wenn er bei einem Fehler ertappt wurde, denn er spürte immerhin, daß man es seltsam finden konnte, ihn an diesem Ort zu sehen, mit Unbekannten spielend.

Chave konnte übrigens sein Gefühl nicht verbergen, das Erbitterung war. Die Augen zum Himmel erhoben, schien er zu sagen:

»Schon wieder du! Hast du denn nichts begriffen?«

Und etwas später, nachdem er seinen Kaffee getrunken hatte, wollte er dem Baron durch sein Mienenspiel den Befehl geben, abzuhauen.

Dann ging er wütend, beunruhigt, hinaus. Er ging mit schnellen Schritten in der Dunkelheit des Kais dahin, sich immer wieder umdrehend, um sicherzugehen, daß ihm niemand folgte. Er hatte noch keine fünfzig Meter zurückgelegt, als er die Türglocke der Kneipe hörte und auf dem Bürgersteig eine übergroße Silhouette sich abzeichnen sah.

Darauf beschleunigte er seine Schritte und ging links von den Bäumen, die ihn versteckten. Er hoffte, daß der Baron ihn nicht sehen, über die Brücke gehen, aus der gefährlichen Zone verschwinden würde, wo er allzu sichtbar war.

Aber nein! Der Dummkopf war hartnäckig, er ging ebenfalls schneller.

Chave wäre beinahe gelaufen, aber er war sicher, daß der andere ebenfalls laufen würde! Er zog es vor, in der Nähe des Ziegelsteinhaufens auf ihn zu warten. Er hörte den lauten Atem seines dicken Kameraden, den ein Nichts außer Atem brachte.

»Du bist wohl verrückt, was?«

»Pst! Ich mußte dir was sagen ...«

»Was?«

»Die belgische Polizei hat bei dir eine Hausdurchsuchung vorgenommen ... Sie vermutet deine Anwesenheit in Frankreich ...«

»Hat sie dich nicht verhaftet?«

»Nein!«

»Und du bist so dumm gewesen, hierher zu kommen? ... Begreifst du denn nicht, daß man dir folgt, und daß sie hoffen, durch dich ...«

Er beendete seinen Satz nicht. Er hatte hinter dem dritten oder vierten Baum sich etwas bewegen sehen und fing plötzlich, so schnell er konnte, zu laufen an. Er hatte den Mann nicht erkannt, aber er war jetzt sicher, daß die Polizei, dank der Unvorsichtigkeit des Barons, an Ort und Stelle war. Er hatte rechterhand ein Gäßchen ausgemacht, das wiederum auf ein dichtes Netz kleiner Straßen führte, und als er es erreichte und ängstlich lauschte, hörte er kein Geräusch von Schritten in der Nähe.

Der Grund für diese Stille war die Tatsache, daß der Polizist allein unter seinem Baum war. Die telefonisch angeforderte Verstärkung war noch nicht angekommen. Er konnte nicht zwei Männern gleichzeitig folgen, und man hatte ihm ans Herz gelegt, den Baron nicht aus den Augen zu verlieren.

Er ging auf ihn zu und bat ihn geradeheraus um Feuer. Es war nicht schwer festzustellen, daß der dicke Mann völlig außer sich war. Dennoch wühlte er fieberhaft in seinen Taschen und brachte schließlich eine Schachtel Streichhölzer zum Vorschein. In dem Augenblick, in dem er sie seinem Gesprächspartner hinhielt, sagte er, als wolle er sich nur über die Situation klar werden:

»Was wollen Sie eigentlich von mir?«

Darauf der andere:

»Wer war das?«

»Wer?«

»Spiel nicht den Schlauberger ... Der Mann, mit dem du gesprochen hast ...«

»Ich habe mit niemandem gesprochen ...«

»Wie du willst ... Gib deine Hände her ...«

»Aber ...«

»Die Hände her, sage ich! ... Laß deine Aktentasche, die nehme ich ...«

Und nicht einmal hundert Meter von der Brücke entfernt, wo Passanten und Autos vorüberströmten, schlossen sich Handschellen um die Handgelenke des Barons.

»Das werden wir nachher sehen ... Im Augenblick jedenfalls versuche nicht, dich wichtig zu machen oder die Leute aufzuwiegeln ...«

Der Polizist sah auf die Uhr. Höchstens noch eine Viertelstunde und seine Kollegen aus der Rue des Saussaies wären da.

»Du gehst jetzt hübsch neben mir her, damit wir keine Aufmerksamkeit erregen ...«

Und sie marschierten los, wobei sie abwechselnd vom Dunkel ins Licht kamen, alle zehn Meter mit dem Stamm eines Baumes verschmolzen, jedesmal kehrt machten, wenn sie den Ziegelsteinhaufen erreichten, und dann in die andere Richtung gingen, bis einige Meter von der Brücke weg.

»Willst du nicht sagen, wer es war?«

»Ich kenne ihn nicht ...«

»Wie du willst ...«

Der Inspektor war ein Korse mit dichten

Augenbrauen, der sich für diese Geschichte nicht sonderlich zu interessieren schien.

In einem bestimmten Augenblick sah er jemanden aus dem Autobus aussteigen, einen kleinen Dicken mit einem grauen Filzhut, den er durch ein Pfeifen auf seine Gegenwart aufmerksam machte. Der kleine Dicke begriff und kam heran, schaute näher hin, wegen der Dunkelheit.

»Ach, du bist's ... Stell dir vor, ich war gar nicht zu Hause, als man nach mir gefragt hat ... Aber ...«

Er bemerkte die Handschellen. Sein Blick ging bis zum Puppengesicht des Barons.

»Wer ist denn das?« fragte er seinen Kollegen.

»Ein Kerl, den ich an der Grenze übernommen habe. Er hat mich hierher geführt. Ich habe damit gerechnet, durch ihn zur Bande zu gelangen, aber er hat nur mit einem Kerl gesprochen, vor ein paar Minuten, und ich habe nicht hinter ihm herlaufen können ...«

Aus einem Taxi stieg eine dritte Person aus.

»Der Kommissar ...«, murmelte der kleine Dicke.

»Sag ihm Bescheid, daß ich hier bin ...«

Sie standen nun in der Dunkelheit des Kais zu dritt um den Baron herum.

»Hast du den andern nicht erkannt?« wollte der Kommissar noch einmal wissen.

»Ich war zu weit weg. Ich weiß nur, daß er einen beigen Regenmantel trug und daß er nicht sehr alt sein kann, denn er läuft wie ein Hase.«

»Bleibt hier. Ich werde mit dem Chef telefonieren ...«

Der Chef beschimpfte ihn, was einfach war, denn er war nicht an Ort und Stelle.

»Was soll ich Ihnen viel sagen? Wenn Sie ihn verdächtigen, brauchen Sie ihn nicht mehr länger den Fliegenfänger spielen zu lassen. Bringen Sie ihn her ... Wir werden dann sehen, was man aus ihm herausholen kann ...«

Als der Kommissar zu der Gruppe zurückkam, hatte er bereits ein Taxi herbeigerufen und ließ den Baron einsteigen.

»Ihr bleibt hier ... Ich komme nachher wieder zurück. Es wäre schon besser, wenn man euch nicht zusammensieht ...«

Das Taxi fuhr an, und der korsische Inspektor, der immer noch die Aktentasche des Barons in der Hand hatte, stoppte es.

»Was machen wir?« fragte der kleine Dicke. Und der andere, der auch nicht mehr wußte als er, entfernte sich in Richtung auf den Ziegelsteinhaufen, wobei er die Achsel zuckte.

»Ich werde Ihnen jedenfalls nichts sagen!«

Dem Baron war warm, denn man hatte nicht

daran gedacht, ihn seinen schweren Überzieher ausziehen zu lassen. Seit zwei Stunden saß er auf demselben Stuhl, einem Polizeikommissar gegenüber, und zehn oder fünfzehn Personen, darunter der Chef der Kriminalpolizei, waren nacheinander hereingekommen, um ihm ins Gesicht zu sehen und ohne Überzeugung zu versuchen, ihn zum Sprechen zu bringen.

»Weißt du, was du riskierst?«

Er wußte es, und deshalb fühlte er sich auch so unwohl in seiner Haut. Doch man täuschte sich, wenn man glaubte, er würde auspacken. Er litt. Ihm war warm. Er hatte Angst. Er hätte viel gegeben für ein großes Glas Bier und einen Sandwich. Er war krank vor Aufregung, aber er schüttelte weiterhin den Kopf und sagte dazu:

»Ich werde nichts sagen!«

Nach einer gewissen Zeit zog sich der Kommissar zurück und hatte von einem Nachbarbüro aus eine ziemlich lange Unterhaltung mit Brüssel.

Es war zehn Uhr, und Marie Chave fing an sich auszuziehen, als es zweimal klingelte. Das war so ungewöhnlich, daß man hätte glauben können, diese beiden Klingelzeichen würden die ganze verschlafene Straße aufwecken. Und da sie einen Augenblick unbeweglich blieb, klingelte es von neuem, so daß sie ihr Kleid wieder anzog, das

Fenster öffnete, sich hinauslehnte und nur Dunkel im Dunkeln sah.

»Wer ist da?«

»Ich bin's . . .«

Sie erkannte die Stimme von Kommissar Meulemans, und resigniert rief sie hinunter: »Ich komme!«

»Mam!« rief der Junge, der wach geworden war.

»Sei still! . . . Ich komme sofort wieder rauf . . . Und bleib mir ja zugedeckt . . .«

Sie lief hinunter und machte dem Rothaarigen die Tür auf, der sich verhielt, als sei er ein Freund des Hauses.

»Sie waren doch hoffentlich noch nicht zu Bett gegangen?«

»Ich wollte gerade zu Bett gehen . . . Was ist los? . . . Haben Sie Nachrichten?«

»Lassen Sie uns hinaufgehen . . .«

Im Schlafzimmer der Hauseigentümer, wo die beiden Alten im Bett lagen, wurde geflüstert.

»Warten Sie, ich muß erst nach meinem Sohn sehen, ob er sich nicht aufgedeckt hat . . .«

Und er, immer vertraulicher, ging ins Schlafzimmer, beugte sich über Pierrot.

»Na, kleiner Mann, geht's uns nicht gut?«

»Wer sind Sie?«

»Du brauchst keine Angst zu haben . . . Ich bin nicht gekommen, um dich zu fressen . . .«

»Wer ist das, Mam?«

»Pst . . . Du mußt jetzt schlafen . . .«

Sie stieß eine Tür auf, schloß den Kragen ihres Kleides, das zuzuhaken sie keine Zeit gehabt hatte, so daß der Polizist einen unfreiwilligen Blick auf ihren weißen Hals hatte werfen können.

»Was wollen Sie?«

»Ich habe Nachrichten aus Paris. Die Kriminalpolizei hat gerade bei mir angerufen. Der Baron ist im Gefängnis . . .«

»Das geschieht ihm recht!« versetzte sie und ging in die Verteidigung.

»Das ist möglich. Vor allem aber wollte ich Ihnen noch sagen, daß wir jetzt Informationen über die Angelegenheit haben . . .«

»Durch den Baron?« machte sie spitz, verächtlich.

»Vielleicht. Sicher ist jedenfalls, daß die Sache ernster ist, als wir hier in Brüssel geglaubt haben. Wir haben jetzt die Gewißheit, nicht wahr, daß die Anarchisten allen Ernstes ein Attentat vorbereitet haben und daß Ihr Mann die Grenze überschritten hat, um daran teilzunehmen . . .«

»Das ist nicht wahr.«

»Bleiben Sie ruhig. Hören Sie zu . . .«

»Ich bin ruhig . . .«

Das stimmte. Vor dem schwarzen Marmorkamin stehend, hatte sie die Hände vor dem Bauch gefaltet, den Kopf ein wenig geneigt, einen traurigen, aber fast gelassenen Ausdruck im Gesicht.

»Wenn Sie Pierre kennen würden, wüßten Sie, daß er sich nicht an Attentaten beteiligt...«

»Trotzdem...«

»Er ist ein Idealist. Er leidet darunter, daß die Welt schlecht eingerichtet ist, und er möchte sie verbessern...«

»Genau was ich sage...«

»Aber nicht mit Bomben! ... Lesen Sie seine Artikel und seine Schriften...«

»Hören Sie mir doch bitte einmal zu! Ich verstehe ja, daß Sie Ihren Mann verteidigen. Ich habe jedenfalls genaue Informationen. Ich kann Ihnen versichern, daß ein Attentat vorbereitet wird, das noch vor Ende der Woche in der Umgebung von Paris stattfinden soll, und ich kann sogar sagen, daß es mit Sicherheit in Courbevoie sein wird. Ihr Mann muß also dort sein...«

Sie hatte ihm aufmerksam zugehört, und vielleicht war sie etwas blasser geworden. Da der Kommissar sich unterbrach, um die Wirkung seiner Worte zu beurteilen, stieß sie einen leichten Seufzer aus und murmelte:

»Dann ist es ja gut!«

»Was wollen Sie damit sagen?«

Es fehlte nicht viel und er hätte geglaubt, sie sei eine noch schrecklichere Anarchistin als die andern!

»Ich will damit sagen, daß es zu keinem Attentat kommen wird, wenn Pierre dort ist...«

»Es wird zu keinem Attentat kommen, wenn die Polizei rechtzeitig eingreift. Und damit sie eingreifen kann, muß sie unbedingt unterrichtet werden, nicht wahr. Niemand weiß, wieviel Tote eine Bombe in einer Stadt wie Courbevoie fordern kann. Vor allem aber weiß niemand, welche Folgen eine solche Agitation in einem Augenblick haben wird, in dem die politische Situation nicht besonders ermutigend ist...«

Er flehte fast, fand ergreifende Töne.

»Ich verlange nicht von Ihnen, daß Sie Ihren Mann verraten. Ich bitte Sie nur, ihn zu retten...«

»Er braucht nicht gerettet zu werden...«

»Sie müßten eigentlich wissen, daß er dort durchaus zusammentreffen kann...«

»Ich kenne seine Freunde nicht...«

»Sie kennen doch zumindest die, die ihn hier besucht haben...«

»Sie verschwenden Ihre Zeit, Herr Kommissar.«

»Und was würden Sie morgen sagen, wenn Sie erfahren müßten, daß es durch Ihre Schuld Dutzende von Toten, Witwen und Waisen gegeben hat?«

»Dann hat Pierre eben keinen Erfolg gehabt!«

Er setzte sich und gab es auf, sie zu beeindrucken. Er versuchte, nicht mehr anzugeben, und man spürte, daß er am Ende seines Lateins war, daß er keinen Rat mehr wußte.

»Sie verstehen wirklich nicht ...«, beklagte er sich.

»Was verstehe ich nicht?«

»Unsere Lage ...«

Er stand wieder auf, durchmaß das Zimmer, machte Anstalten, mit der Faust auf etwas loszuschlagen.

»Dabei müssen wir irgend etwas tun, *God ferdom!*«

»Ich hindere Sie bestimmt nicht dran ...«

»Sie!« schrie er.

Und in seinem Ton lag ebenso viel Bewunderung wie Groll.

»Sie wollen wohl, daß ich glaube, daß Ihr Mann nach Paris gefahren ist, um unsere Arbeit zu machen ... Haben Sie sich alles genau überlegt? ... Einmal! ... Zweimal! ... Dreimal! ... Wie Sie wollen! ... Vielleicht komme ich morgen wieder, um Ihnen Neues zu berichten ... Guten Abend!«

Ungeschickt setzte er seinen Hut auf, nahm ihn wieder ab, streckte die Hand aus und schien ganz glücklich, daß Marie sie nicht ausschlug.

»Bemühen Sie sich nicht ... Ich kann allein runtergehen ...«

Sie lauschte auf das Geräusch der Tür, die einschnappte, dann den Schritten auf der Straße. Als sie im Begriff war, wieder ins Schlafzimmer zurückzugehen und sich auszuziehen, zögerte sie, dachte, daß sie sicherlich keinen Schlaf finden würde, und blieb im Büro, zog Pierres Papiere heran und begann Artikel zu lesen, die sie früher nur durchflogen hatte, ohne ihnen besondere Aufmerksamkeit zu schenken.

Die Kneipe an der Brücke blieb bis Mitternacht geöffnet, obgleich fast niemand mehr da war. Dem Wirt, einem Normannen, der mit einem Beamten vom Stadtzoll eine Partie Domino spielte, war es nicht entgangen, daß an diesem Abend von Zeit zu Zeit merkwürdige Gäste auftauchten, die sich alle stärken mußten, indem sie etwas Warmes tranken.

Zuerst war der Kommissar gekommen, der sein Hauptquartier hier eingerichtet hatte und der, in einer Ecke sitzend, unentwegt Zeitungen las. Er war ein sehr sanfter Mann mit einem Pfeffer-und-Salz-Schnurrbart. Zwei- oder dreimal schloß er sich in der Telefonkabine ein und sprach so leise ins Telefon, daß man trotz der Glastür nur ein unverständliches Gemurmel hörte.

Der korsische Inspektor war der durstigste, bei dem konnte man sicher sein, ihn jede Stunde mit vor Kälte blauem Gesicht auftauchen zu sehen, sich die Füße warm stampfend.

»Einen Grog!« bestellte er.

Er hatte die Manie, mit dem Daumen auf die Flasche zu drücken, wenn man den Rum eingoß. Er sprach zwar nicht mit dem Kommissar, aber der Wirt sah im Spiegel genau, daß die beiden sich kannten und sich mit Blicken verständigten.

Der andere Inspektor, der kleine Dicke, war nicht so verfroren, aber dafür hatte er offensichtlich Hunger, denn gegen zehn Uhr bestand er darauf, daß man ihm etwas zu essen machte. Es war nur Schlackwurst im Haus, aber er war ein Kenner, denn er merkte sofort, daß sie frisch vom Land kam.

Vielleicht war da noch ein vierter Spitzbube, der Wirt war sich nicht ganz sicher, denn der war schlecht angezogen, viel zu schlecht sogar, wie jemand, der gern den Landstreicher gespielt hätte, aber man hatte den Eindruck, daß seine Jacke absichtlich durch den Dreck gezogen worden war.

»Feierabend!« verkündete er um Mitternacht, als nur noch der Kommissar übrigblieb.

»Was habe ich zu bezahlen?«

»Sieben fünfzig ... Sie haben einen Calvados gehabt ...«

Es waren nur noch die Läden herunterzulassen, und sobald die Kneipe von der übrigen Welt durch den Eisenvorhang getrennt war, verkündete der Kneipier seiner Frau:

»Ich hab das Gefühl, daß es brenzlig riecht ...«

Das erste Opfer war die alte Landstreicherin gewesen, die sich zwischen den Ziegelsteinstapeln ein regelrechtes Nest zurechtgemacht hatte. Sie wurde von dem Korsen ausquartiert, der ihre Papiere verlangt und ihr geraten hatte, sich anderswo verhaften lassen zu gehen. Sie war daran gewöhnt und zog ab zur Brücke von Neuilly, wobei sie das Bein nachzog und allein vor sich hin sprach oder stehenblieb, um die Baumstämme anzusprechen.

Der Korse ließ sich an ihrer Stelle, oder ungefähr dort, nieder, während der mit Lumpen verkleidete Polizist nicht zögerte, sich auf die Schwelle der Flugzeugfabrik zu setzen, wo er, in sich zusammengesunken, das Gesicht in den Armen, so tat, als schliefe er.

Der kleine Dicke spazierte in der Umgebung der Brücke herum, und der Kommissar, der einen Wagen von der Kripo hatte kommen lassen, hatte sich hineingesetzt, auf der anderen Seite des Wassers, und alle Scheinwerfer ausgemacht.

Man hatte nicht darauf verzichtet, den Baron zu verhören, dessen hochrotes Gesicht dicker und weicher als gewöhnlich erschien. Dafür gab es einen Grund. Der Innenminister, der gerade einer

Galavorstellung in der Oper beigewohnt hatte, hatte verlangt, daß man ihn jede Stunde wecke, um ihn auf dem laufenden zu halten. Der Polizeipräfekt war bereits zweimal gekommen, im Smoking, denn er hatte an einem Diner teilgenommen.

»Sie würden besser daran tun, wenn Sie mich in Ruhe ließen, denn ich sage Ihnen doch, daß ich nichts weiß ...«

»Wer hat am Kai mit dir gesprochen?«

»Ein Unbekannter, der mich um Feuer gebeten hatte ...«

Er versuchte gar nicht, glaubwürdig zu wirken. Er fiel um vor Müdigkeit, verfiel schließlich in einen Halbschlaf, und alles, was er noch wußte, war, daß er nichts sagen durfte, überhaupt nichts, denn wenn ihm das Unglück zustoßen würde, auch nur ein einziges Wort fallenzulassen, lief er Gefahr, sich zu verheddern und die Würmer aus der Nase ziehen zu lassen.

»Und wenn wir dir versprechen, dich in Ruhe zu lassen?«

»Ich weiß nichts«, wimmerte er, da er letzten Endes mehr Angst vor sich selber als vor den andern hatte.

Er war trotz seiner Korpulenz nicht stark. Wegen einem Ja oder einem Nein bekam er Herzklopfen und vor allem ein ganz unangenehmes Gefühl zu ersticken, das ihn erschreckte. Er fürchtete zu sterben. Ein Arzt, den er in einer Bar kennengelernt hatte, hatte ihm empfohlen, Aufregungen zu vermeiden.

»Ich werde nicht sprechen ...«

»Und wenn wir dir versprechen würden, dich nachher mit etwas Geld in der Tasche zur Grenze zu bringen?«

Das war gemein! Es bedeutete ihn noch mehr leiden zu lassen, indem man ihn in Versuchung brachte! Man hätte glauben können, daß sie ihn genau kannten!

»Verstehst du? Zunächst einmal würdest du einem Haufen armer Teufel, die dir nichts getan haben, das Leben retten. Und dann hättest du deine Ruhe, in dem Land, das du auswählen würdest. Wir könnten bis zwanzigtausend Francs gehen ...«

Er gab keine Antwort mehr. Sein Überzieher hielt ihn so warm, daß er glaubte, er habe Fieber.

»Im andern Fall wirst du als Komplize behandelt, und zwar als einer der Hauptschuldigen, denn schließlich wolltest du Chave aus Brüssel holen ...«

»Ich wollte ihn nicht holen ...«

»Was hast du sonst dort getan?«

»Nichts ...«

»Wolltest du ihm Bescheid sagen, was sich hier zusammenbraut?«

Er durfte weder ja noch nein sagen! Wenn er das Unglück hätte, erst einmal anzufangen, weiß Gott, wo diese Leute ihn hinführen würden ...

»Ich weiß nichts ...«

»Du kennst den Tarif? Wenn der Anschlag glückt, wenn die Bombe eine gewisse Anzahl von Opfern fordert, muß mit der allgemeinen Empörung gerechnet werden, die einige Köpfe fordert ...«

»Ich weiß nichts ...«

»Dummkopf!«

Ja, Dummkopf, das dachte er auch, aber er klammerte sich fest, er war schläfrig, er wartete ängstlich auf einen Augenblick des Mitleids, auf eine Atempause, um sich auszustrecken, die Augen zu schließen, einzunicken.

»Denk an das, was ich dir sage. Um sechs Uhr morgens geht ein Zug ...«

Die Polizisten von Courbevoie und die von Puteaux, die alarmiert waren, drehten Runde um Runde, und zweimal war es zu einem Irrtum gekommen: man stellte dem als Landstreicher verkleideten Polizisten Fragen! Der kleine Dicke war besser zu erkennen, und die Beamten in Uniform zwinkerten ihm zu, wenn sie vorbeigingen.

Man hatte den Mann, den der Baron angesprochen hatte, nicht wiedergefunden, aus dem einfachen Grunde, weil er schon lange weit weg war.

In der Tat klingelte er morgens um drei Uhr an einem Haus an der Place des Vosges. Er klingelte zweimal, dreimal, denn die Concierge war schwer wachzukriegen. Als die schwere Tür dann endlich aufging, betrat er das Gewölbe, pochte an die Tür der Pförtnerloge.

»Was ist los?«

»Machen Sie auf ... Ich will mit Ihnen reden ...«

»Sagen Sie zuerst, was los ist ...«

»Es ist wegen Robert ... Ich muß ihn sehen ...«

»Robert ist nicht mehr hier ...«

Es war kein Licht in der Pförtnerloge, aber eine Fensterscheibe stand auf, und Chave erriet in der Dunkelheit ganz in der Nähe das Bett der Concierge.

»Wissen Sie nicht, wo er ist?«

»Ich lege keinen Wert darauf, es zu wissen ...«

Bis dahin war die Stimme einigermaßen normal, aber Chave blieb hartnäckig, und darauf änderte sich der Ton.

»Wenn Sie nicht gehen, rufe ich bei der Polizei an ... Das sind ja schöne Sitten! ... Was will denn Ihr Freund schon wieder von mir? ... Ist es nicht schon genug, daß er mir drei Hundertfrancscheine mitgenommen hat? ... Ein schöner Lump, ja! ... Wenn ich dem begegne ...«

Sie drückte auf den Schalterknopf, und die Tür ging auf.

»Hören Sie ...«

»Ich will überhaupt nichts hören ... Hauen Sie ab, oder ich rufe das Überfallkommando ...«

Er hörte die Federn des Bettes, die knarrten. Er bekam Angst und ging hinaus, machte die Tür hinter sich zu und stand auf dem menschenleeren Platz, wo in jeder Ecke des Parks ein Springbrunnen monoton rauschte, während die Dächer von gegenüber den Mond in zwei Hälften schnitten.

5.

Eine kleine Straße zwischen dem Boulevard Henri IV und der Rue Saint-Antoine war durch eine Baustelle gesperrt, und Chave, von dem roten Warnlicht angezogen, stieg über das Absperrseil und den Graben, versuchte die Bretterbaracke aufzubekommen, die als Werkzeugschuppen diente, fand hinter ihr ein trockenes und windstilles Plätzchen, wo er sich hinlegte. Vielleicht hatte er nie in seinem Leben so gut geschlafen, mit einem so durchdringenden Eindruck des Wohlbefindens. Die Erde war weich, mit einer leichten Vertiefung, Chave hatte zwei Säcke drauf gelegt, die Zement enthalten hatten, und dicht eingehüllt in seinen Regenmantel, genoß er bald seine eigene Wärme. Er hörte in der Ferne Schritte, sicherlich Polizeibeamte, die ihre Runde drehten, und es überkam ihn das beruhigende Gefühl einer Höhle, so stark, daß von nun an die Vorstellung von tiefem Schlaf für ihn auf immer mit dem muffigen Geruch feuchten Zements verbunden wäre.

Als man ihn weckte, fing er an zu brummen, in der Art von Tieren und Kindern, so daß sich die Arbeiter erst einmal einige Minuten über ihn amüsierten. Dann trank er Kaffee in einem Lokal, aß Hörnchen und trauerte unaufhörlich dieser ruhigen Ecke nach, wo er gut geschlafen hatte.

Es herrschte ein durchsichtiger Nebel, und in dem Maße, in dem es Tag wurde, spielte er ins Goldene, was auf einen Sonnentag schließen ließ.

Wenn Chave das Viertel nicht verlassen hatte, so nur deshalb, weil er es noch nicht aufgegeben hatte, Robert wiederzufinden. Er hatte sich an ein Mädchen erinnert, von dem ihm Robert, als er zweimal nach Brüssel gekommen war, erzählt hatte und das er seine Kusine nannte.

Es war keine richtige Kusine, aber Robert, wie alle andern auch, nannte sie so. Es war übrigens eine ziemlich widerliche Geschichte, wie alles, was mit Robert zu tun hatte. Man hätte meinen können, daß er die Gabe besaß, die am stärksten vom Leben gezeichneten Menschen, die gemeinsten Dramen auf sich zu ziehen. Ihm passierten nur tragische oder verrückte Dinge, Abenteuer, die unmöglich schienen und nie, aber wirklich nie ein alltägliches oder tröstliches Abenteuer.

Selbst in den Einzelheiten! So, als er zum erstenmal nach Brüssel gekommen war, wohin ihn der Buchdrucker mitgenommen hatte, der ihn mit Chave hatte bekannt machen wollen ...

Er hatte genug Geld, um sich eine Rückfahrkarte zu kaufen ... Marie hatte ein ziemlich gutes kleines Abendessen zubereitet, und man hatte einige Flaschen Wein gekauft ... Robert sah Pierre und seine Frau mit entzückten Augen an, und er hätte alles mögliche getan, um ihnen eine Freude zu machen ...

Man hatte ihm zum Schlafen eine Matratze und Kissen auf den Boden im Schlafzimmer gelegt; im Laufe der Nacht war er krank geworden, wie er es nie gewesen war, hatte alles um sich herum beschmutzt, so daß seine Freunde aufstehen mußten.

Er weinte darüber. Er hatte Marie einen Entschuldigungsbrief geschrieben, in dem er seine Übelkeit auf die Aufregung zurückführte, einem Mann wie Chave gegenüberzusitzen. Man hatte die größte Mühe von der Welt, ihn wieder nach Brüssel zu bekommen, so sehr schämte er sich!

Die Kusine war ebenfalls so ein vom Schicksal

gezeichneter Mensch. Pierre hatte sie nie gesehen, doch hatte man sie ihm so genau beschrieben, daß er sie erkennen würde. Sie war sechzehn Jahre alt und ganz klein, mit einem allzu entwickelten Körper und dem Gesicht einer dreißigjährigen Frau. Robert hatte sie auf einem Bauernhof in der Umgebung von Pithiviers kennengelernt, wo sie beide von der Fürsorge untergebracht worden waren und wo man, als sie zwölf Jahre alt war, die Entdeckung gemacht hatte, daß der Bauer sie mißbrauchte, nicht ohne sie angesteckt zu haben.

Man hatte in den Zeitungen darüber geschrieben. Später hatte Robert die Kusine in Paris wiedergetroffen, in einem Milchladen in der Rue Saint-Antoine, in der Nähe des Kinos Saint-Paul.

Und jetzt suchte Chave diesen Milchladen.

Die Sonne hatte gerade die Hälfte der Straße überflutet, und es war lustig anzusehen, wie die Verkäuferinnen und die Ladenjungen die Stände auf dem Bürgersteig herrichteten. Es gab nur Lebensmittel, Fleisch, Fische, Stapel von Käse, Konservendosen, kurzum, alles, was zum Essen ist, Biskuits, Gemüse, Gebäck in großen Mengen.

Er blieb einen Augenblick vor einem Milchladen stehen, der nicht weit von dem Kino entfernt war, aber er sah niemand, der der Kusine glich, und war schon im Begriff wegzugehen, als eine lebhafte Gestalt sich durch die Menge wand und den Laden betrat.

Er erkannte sie nicht nur an ihrer Größe, sondern auch an all dem, was Dramatisches, vom Schicksal Gezeichnetes an ihr war. Er sah, wie sie die Milchkannen vorbereitete, und bald kam sie beladen wieder heraus, und etwas weiter holte er sie ein.

»Verzeihen Sie, bitte ...«

Sie sah ihn mißtrauisch an, und ihre gerunzelte Stirn machte sie noch älter.

»Ich bin ein Freund von Robert ... Ich muß ihn sehen ...«

»Was wollen Sie von ihm? Warum wenden Sie sich an mich?«

»Weil ich seine Adresse nicht habe. Ich bin an der Place des Vosges gewesen ...«

»Dort ist er nicht mehr ...«

»Das hat man mir gesagt ... Deshalb habe ich an Sie gedacht ...«

»Wer hat von mir gesprochen?«

»Robert ...«

»Was hat er Ihnen gesagt?«

»Alles, was er wußte, und daß Sie wie eine Schwester für ihn wären ...«

»Sind Sie nicht sein Freund aus Brüssel?«

»Ja.«

»Warum haben Sie das nicht sofort gesagt? Ich

weiß nicht, ob Sie ihn finden werden, denn in letzter Zeit ist er selten allein ... Als ich ihn das letztemal gesehen habe ...«

»Wann?«

»Vor zwei Tagen ... Er war mit einem Ausländer zusammen ... Er hat mir gesagt, daß er in einem möblierten Zimmer in der Rue de Birague wohnt ...«

Sie hatte schon ein paar Schritte getan. Sie blieb stehen.

»Es ist doch hoffentlich nichts im Gange?«

Die Rue de Birague war ganz in der Nähe, und es gab dort nur ein Hotel in der genannten Kategorie. Bevor er hineinging, beobachtete Chave lange die Umgebung, um sicherzugehen, daß ihm die Polizei keine Falle stellte. Dann betrat er einen Korridor, sah einen Mann aus einem engen Büro stürzen, einen jungen, verweichlichten, bleichen, aufgedunsenen, ungesunden Mann, gegen den er sofort Abneigung empfand.

»Was wollen Sie?«

»Ich suche einen Freund, der bei Ihnen wohnen muß ...«

»Wie heißt er?«

»Robert ... Ein junger Mann, ein Radfahrer, der immer einen braunen Pullover und eine Mütze trägt.«

»Was wollen Sie von ihm?«

»Ich muß mit ihm sprechen. Er ist ein Freund von mir ...«

Der Mann hatte dicke, kurzsichtige Augen, und Chave, der auf Schwierigkeiten gefaßt war, war erstaunt, als er ihn sagen hörte:

»Sehen Sie mal in Nummer 7 nach ... Wenn er nicht da ist, werden Sie's ja sehen ...«

Das Haus roch schlecht. Ein kleines, dunkelhaariges Dienstmädchen, das schielte, war damit beschäftigt, die Stufen der Treppe zu kehren. Die Mieter waren schon weggegangen, denn zwei Türen standen offen, und man bemerkte, daß die Zimmer unaufgeräumt waren.

Chave klopfte an der Nummer 7 und wartete. Dann klopfte er von neuem, denn man gab zwar keine Antwort, doch hörte er im Innern Geräusche. Er wollte durchs Schlüsselloch sehen, doch die Gegenwart des Dienstmädchens hinderte ihn daran.

»Klopfen Sie noch einmal! Es ist bestimmt jemand da«, sagte sie zu ihm. »Und wenn es nur Monsieur Stéphan ist ...«

In diesem Augenblick fragte eine Stimme:

»Wer ist da?«

»Ein Freund ... Machen Sie auf ...«

»Was für ein Freund?«

»Ein Freund von Robert ...«

Er war sich fast sicher, daß im Zimmer getuschelt wurde, aber als die Tür ein Stück aufging, sah er nur eine einzige Person, ein Mann, der ganz offensichtlich gerade aus dem Bett aufgestanden war, der aber ganz angezogen war und dessen Augen sich noch nicht an das Licht gewöhnt hatten.

»Was für ein Robert?« fragte er und betrachtete Chave von Kopf bis Fuß.

Er hatte einen polnischen Akzent und sah erbärmlich aus. Da er im Anzug geschlafen hatte, sah er noch zerknitterter aus, und sicherlich erkannte er in dem Neuankömmling jemanden von seiner Art, der unter freiem Himmel geschlafen hatte, denn sein Mißtrauen schien abgeschwächt.

»Sie wissen genau, wen ich meine ... Ich bin ein Freund von Robert ... Ich muß sofort mit ihm sprechen ...«

»Er ist nicht hier ...«

Der Mann, den man Monsieur Stéphan genannt hatte, hatte sich wieder auf die Bettkante gesetzt, und Chave bemerkte die Vertiefung, die sein Körper dort während des Schlafs hinterlassen hatte, dann, daneben, eine andere, ganz ähnliche Vertiefung. Das Bettzeug verströmte noch Schweißgeruch. Zwei Menschen hatten dort geschlafen, und beide waren mit Sicherheit erst durch das Klopfen an der Tür geweckt worden.

»Sie können ihm eine Nachricht hinterlassen ... Wenn ich ihn sehe ...«

»Es wäre mir lieber, wenn Sie mir sagen würden, wo er ist ...«

»Ich weiß es nicht ... Ich schwöre Ihnen, daß ich es nicht weiß ...«

Fiel Chaves Blick nicht auf einen Fuß, der unter dem Bett hervorschaute und in einer verfärbten Socke steckte? Er faßte nicht sofort einen Entschluß. Er versuchte anderswohin zu schauen.

»Ich bin extra aus Brüssel gekommen, um ihn zu sehen«, sagte er.

»Das ist nicht meine Schuld ...«

Sein Blick kehrte gegen seinen Willen zu dem Fuß zurück, der sich nicht rührte, und Stéphan merkte es, sprach einige Worte in einer fremden Sprache. Darauf bewegte sich unter dem Bett ein Körper, eine Person tauchte auf und richtete sich in ihrer ganzen Größe auf, die weit über den Durchschnitt ging. Ein Mann schaute Chave an, warf die Haare zurück und ging zum Spülstein, um sich den Mund auszuspülen.

Pierre hatte den berüchtigten K. nie gesehen. Er wußte nicht genau, wie er aussah, aber er war überzeugt, daß er es war, den er vor sich hatte.

Ohne sich um den Besucher zu kümmern, kämmte sich die zweite Person durchs Haar, klopfte dann den Staub aus ihren Kleidern, während Stéphan mit ihr sprach, immer noch in der fremden Sprache. Der andere antwortete kurz. Stéphan übersetzte:

»Nein! Er weiß auch nicht, wo Ihr Freund ist ... Vielleicht werden wir ihn treffen ... Was sollen wir ihm sagen?«

»Es gibt nichts zu sagen ... Ich muß ihn sehen ...«

»Wo kann er Sie denn finden?«

»Ich werde ihn abholen kommen ...«

»Aber ich sage Ihnen doch, daß er nicht hier wohnt! Es ist vorgekommen, daß er mal eine Nacht mit uns verbracht hat ...«

»Wann?«

Ein kurzes Zögern.

»In der letzten Woche ...«

»Warum ist er in den letzten Tagen nicht zur Arbeit gegangen?«

»Vielleicht war er krank?«

Der Mann, den Chave für K. hielt, band sich eine zerknitterte Krawatte um den Hals und wartete mit einer Geduld, die etwas Bedrohliches hatte. Man hätte meinen können, daß er nicht Französisch sprach, denn er richtete nicht ein einziges Mal das Wort an den Besucher. Er sprach nur mit seinem Kameraden, und auch das nur in einem herablassenden, überdrüssigen Ton.

»Jetzt«, sagte Stéphan und machte die Tür auf,

»ist es besser, wenn Sie gehen, denn wir haben zu tun ...«

K. sprach länger mit ihm, und er fuhr fort:

»Es wäre besser, wenn Sie sich nicht in der Umgebung herumtreiben würden, das könnte uns stören ...«

Erst als er draußen war, hatte Chave das Gefühl, daß Robert da war, vielleicht in einem Nachbarzimmer, vielleicht in einem Wandschrank, den er gesehen hatte? Er traute sich nicht wieder hinaufzugehen, um sich Gewißheit zu verschaffen, und außerdem war er überzeugt, daß der schleimige Hotelwirt bereits Anweisungen bekommen hatte und ihn nicht mehr durchlassen würde.

Die Sonne schien zu grell an diesem Morgen, es war eine zu lustige, zu berauschende Sonne. Es herrschte auch zuviel Leben, zuviel Fröhlichkeit in dieser Rue Saint-Antoine, ein regelrechter Fressalienmarkt. Es war schwierig, sich zu konzentrieren, die ernsthafte Seite der Dinge zu spüren.

Unweit einer Autobushaltestelle fragte sich Chave eine Weile, was er tun solle. Hausfrauen stießen ihn an. Ein Stand ganz in seiner Nähe zeigte Hunderte, vielleicht Tausende von Heringen, eine ganze Bank silbriger Heringe mit roten Augen.

Würde er nicht besser daran tun, nach Brüssel

zurückzukehren und sein friedliches Leben fortzusetzen? Er drehte sich jäh um, weil er sich vergewissern wollte, ob man ihm nicht folge, doch diesmal dachte er nicht an die Polizei, er dachte an Stéphan und seinen Gefährten. Stéphan war Pole, das war sicher. Der andere war ebenfalls aus dieser Kante, bestimmt irgendwo aus Mittel- oder Osteuropa, aus einem Land, in dem Elend herrschte. Und zwar eine Art aufrührerisches Elend, das Chave gut kannte und dessen Geruch er gewissermaßen in dem Zimmer geschnuppert hatte.

Die Leute, die vorübergingen, jene, die kauften, jene, die verkauften, jene, die sich heiser schrien, um ihre Waren anzupreisen, ahnten nichts, weder der Polizeibeamte an der Ecke noch der gleichgültige Angestellte, der seinen Autobus lenkte. Wer konnte auch ahnen, daß zwei Männer in einem Hotelzimmer dabei waren, einen Sprengkörper zu basteln, um andere Menschen zu töten?

Die Kusine trug ihre Milch aus, trotz allem, was ihr im Leben zugestoßen war. Chave wußte nicht, was er tun sollte, und fast mechanisch stieg er in einen Autobus und ließ sich an die Porte Maillot fahren, wobei er lustlos die Landschaft betrachtete.

Rue de Rivoli ... Champs-Elysées ... Arc de

Triomphe ... Der Herbstmorgen war schön wie ein Frühlingsmorgen, und zwei Verliebte brausten in einem kleinen, offenen Auto dem Land entgegen.

Chave dachte, daß es gut wäre, sich seines Trenchcoats zu entledigen, denn er war am Vortag bestimmt von dem Polizisten gesehen worden, und in diesem Kleidungsstück würde man ihn gleich wiedererkennen. Er ging in eine Kneipe, trank etwas und fragte, ob er seinen Regenmantel dalassen könne. Es war nicht kalt, kaum frisch. Er nahm einen anderen Autobus. Er mußte sich anstrengen, um nicht zu träumen. Kaum hatte er seine Gedanken wieder in die Gleise gebracht, in denen er sie halten wollte, als unversehens kleine Nebengedanken auftauchten, Erinnerungen, bunte Bilder, und das Drama sich von neuem auflöste, bis es jeden Halt verlor, bis diese Geschichte einer Bombe und eines Zeitungsboten, eines Polen und eines Kameraden, dessen verwaschene Socke unter dem Bett hervorsah, albern und abgeschmackt wurde.

In der Avenue de Neuilly machten Hausfrauen und Dienstmädchen ihre Einkäufe. Mitten auf der Fahrbahn, in der prallen Sonne, lasen Taxifahrer ihre Zeitung, während sie auf Kunden warteten.

Chave hätte gern gewußt, wie es Pierrot geht. Er hatte sich immer vorgenommen, wenn er einmal einen Sohn hätte, würde er ihn streng erziehen, als ob das möglich wäre!

An der Brücke von Neuilly stieg er aus. Er betrachtete diesen Kai, der zur Brücke von Courbevoie führte, und er hatte Mühe, ihn im strahlenden Licht wiederzuerkennen. Er hatte auch Mühe, sich zu sagen, daß er einiges riskierte, daß manche unter den Passanten Polizisten waren, seine Personenbeschreibung besaßen und nur da waren, um ihn zu verhaften.

Dort, bei den Ziegelsteinhaufen, waren jetzt dreimal soviel Kähne wie am Vortag, vor allem belgische Kähne aus braunem Stahl, das Heck abgerundet, die Fenster gestrichen, flatternde Wäsche auf der Leine.

Ein Sägewerk setzte ein kontinuierliches Brummen in die Luft mit einem schrilleren Geräusch jedesmal, wenn das Holzstück durchgesägt war und die Zähne nicht mehr griffen.

Wo kamen diese Leute nur her, die umherspazierten und den erstarrten Ausdruck von Personen hatten, die man auf den Postkarten sieht? Alle drei oder vier Meter Angler, manche im Arbeitsanzug, wie etwa ein Metzger mit gestreifter Jacke, ein Eisenbahner mit flacher Mütze ... Außerdem Frauen mit Kindern ... Zwei Jungens, Zwillinge, die vier oder fünf Jahre alt sein mußten, trugen genau dieselben rotkarierten Kittelschürzen, die auch Chave getragen hatte, als er klein war. Sie gingen vor ihrer Mutter her, Hand in Hand, und schauten mit weitgeöffneten Augen geradeaus . . .

Wenn Robert wirklich in dem Wandschrank oder in dem Nachbarzimmer versteckt gewesen wäre, hätte er die Stimme seines Freundes erkannt. Würde er begreifen, daß Chave nur gekommen war, um ihn daran zu hindern, eine Dummheit zu begehen?

Leider hätten ihn die andern, selbst wenn er es begriffen hätte, bald von neuem überredet. Es war nicht seine Schuld. Man konnte ihn zu allem überreden. Und sicherlich hatten ihm seine neuen Freunde den Rat gegeben, die dreihundert Francs der Concierge mitzunehmen.

Hatte Chave, als er fünfzehn Jahre alt war, nicht zu seinem Vater gesagt:

»Ich verachte dich, weil du ein verachtenswerter Mensch bist!«

Und das, weil sein Vater voller Hochachtung von Monsieur Dortu sprach und ihn fürchtete, denn wenn er nach Hause kam, verkündete er:

»Monsieur Dortu war schlecht gelaunt . . .«

Das empörte ihn, daß ein Mann wie sein Vater, ein Mann, den er gern über allen andern schweben gesehen hätte, vor dem Arbeitgeber kuschte, ihn fürchtete, ihn respektierte. Es empörte ihn auch, daß seine Mutter sich so oder so anzog, weil sie Madame Dortu begegnen konnte!

Es empörte ihn, daß man in einer Stadt wie Limoges leben, Hauptbuchhalter in einer Schuhfabrik sein, Arbeiter im Akkord arbeiten lassen, Kinder sich über Maschinen beugen lassen und schwangere Frauen bis wenige Tage vor der Niederkunft beschäftigen konnte.

»Warum sollte ich dich respektieren, da du dich ja selber nicht respektierst?«

Das erstemal hatte er mit fünfzehneinhalb Jahren versucht, von zu Hause abzuhauen, doch er hatte sich in der Abfahrtzeit des Zuges geirrt und war am Bahnhof wieder aufgegriffen worden. Das zweitemal, mit sechzehn Jahren, hatte er Erfolg gehabt und war nach Paris gefahren.

»Ihr braucht mich gar nicht erst suchen zu lassen. Falls ihr mich nicht für immer einsperrt, werdet ihr mich nicht daran hindern, mein Leben zu leben ...«

Sein Vater lebte noch in Limoges, wo er weiterhin Hauptbuchhalter in der Firma Dortu war. Nur seine Mutter war gestorben, als er in Bourges seinen Militärdienst ableistete.

Er war traurig, eine Traurigkeit so schmutzig wie das Zimmer am Morgen, wie das Leben der Kusine, wie der kleine Robert. Er war traurig, und doch gab es Augenblicke, wo er den Eindruck hatte, daß es fast nichts zu tun gäbe, eine Gebärde, eine Anstrengung wie die eines Schwimmers, um wieder an die Wasseroberfläche zu kommen ...

Kinder spielten, und er blieb stehen, um sie anzuschauen, um ihre durchdringenden Stimmen zu hören, dann stellte eines von ihnen seinem Kameraden ein Bein, und Pierre setzte seinen Weg fort, warf einen ängstlichen Blick auf einen Mann, der auf einer Bank saß und vielleicht ein Polizist war.

Er ging an der Fabrik vorbei. Er sah den Hund, der im Hof angebunden war. Er bemerkte auch Autos, viele Autos, vor den Gebäuden, und er erblickte von weitem Herren, die von einer Werkstatt zur andern gingen, in einer Gruppe, was ihn auf den Gedanken brachte, daß es eine Delegation war, vielleicht ausländische Regierungsbeamte, die gekommen waren, um Flugzeuge zu kaufen?

Wußte K. Bescheid? Und wenn ja, hatte er nicht auf diese Gelegenheit gewartet, um sein Attentat auszuführen?

Chave erinnerte sich an den verächtlichen Rücken des Pförtners, als er am Tag zuvor wegen des Hundes das Wort an ihn gerichtet hatte. Aus der Ferne beobachtete er die Eckkneipe und bemerkte einen kleinen, rundlichen Mann, der sicherlich von der Polizei war. Er trank einen Schnaps, bestimmt Calvados, und schnalzte mit der Zunge.

Wenn er Chave erblicken, wenn er ihn erkennen würde, käme er bestimmt zu ihm her, hart und mißtrauisch, würde ihn unaufhörlich ausfragen und sich vielleicht, sobald sie einmal auf der Polizeiwache wären, der Freude hingeben, ihn zu verprügeln.

Dabei war es fast mit Sicherheit ein braver Mann! Das waren Pierres Gedanken in der Sonne. Er sah zu, wie die Leute vorübergingen. Er sagte zu sich:

»Wenn dieser Polizist und ich zum Beispiel in einem Schützengraben wären, als einfache Soldaten, würden wir bestimmt gute Kameraden werden. Und im Falle, daß der eine verwundet werden würde, wäre der andere zu allem möglichen fähig, zu echtem Heldentum, um ihn zu retten! Auch der Pförtner der Fabrik! Und auch dieser Beamte vom Stadtzoll, der die Lastwagenfahrer anbellt! Der kleine Robert ist ein schlichtes und reines Gemüt. Er ist ein unglückliches Kind, das für alle Zärtlichkeiten empfänglich ist. Monsieur Stéphan ...«

Jetzt wurde es schwieriger, denn er hatte einen Zorn auf ihn, und mehr noch auf K., falls der andere Bewohner des Zimmers wirklich K. war.

Aber warum nicht? Auch sie waren unglücklich, und wenn ...

Bei der Beerdigung seiner Frau hatte Chaves Vater sich geweigert, das Wort an seinen Sohn zu richten, der, wie er feierlich erklärt hatte, nicht mehr für ihn existiere.

War es nicht schrecklich zu denken, daß von einem Augenblick zum andern, trotz der Sonne, der Kinder, die man spazieren führte, dieses kleinen Mädchens, das mit Lumpen spielte, dieses Pensionärs, der auf dem Gras des Rasens einen volkstümlichen Roman las, der im Fluß treibenden Schiffe, daß trotz allem, trotz der Möglichkeiten des Lebens, ein Fahrrad auftauchen konnte, auf dem Robert, dieser Junge, saß und ein Paket in der Hand hielte ...

Kurz darauf käme dann der furchtbare Krach, das noch häßlichere Schauspiel, wie bei den Eisenbahnkatastrophen, den Grubenkatastrophen in Belgien, der geschwärzten, zerfetzten Leiber, des zerrissenen, beschmutzten, leidenden Fleisches, der gedankenleeren Augen, und ringsum von Respekt und Schrecken gepackte Menschen, mit zusammengeschnürter Brust und verkrampften Fingern, Frauen, die schreiend herbeilaufen, Kinder, denen man nicht die Wahrheit zu sagen wagt, und Zeitungen, die man sich, noch feucht von schlechter Druckerschwärze, aus der Hand reißt, die rachsüchtigen Überschriften, die Schlägereien, die offizielle Zeremonie eines Kollektivbegräbnisses, mit Polizeiverstärkung und Wachen im Stahlhelm ...

Er hatte einen zweiten Inspektor entdeckt, er war fest überzeugt davon. Vielleicht sogar einen dritten, ein Alter, der auf einer Bank saß und der sich hinter seiner Zeitung verstecken zu wollen schien?

»Ihr würdet besser daran tun, in die Rue de Birague zu gehen, ins Zimmer 7 hinaufzusteigen und die zu verhaften, die darin sind. Sagt ihnen, daß sie im Unrecht sind. Bringt sie an die Grenze. Und bringt dem kleinen Robert bei ... Oder besser, kümmert euch nicht um ihn ... Gebt ihn mir ... Ich werde das schon besorgen ...«

Er war kein Heiliger. Aber er hatte einen Horror vor Schlägen, vor Gewalt, vor Blut, vor Schmerzen. So sehr, daß er nach der Geburt seines Sohnes, der er hatte beiwohnen wollen, geschworen hatte, seiner Frau kein Kind mehr zu machen, und er hatte Wort gehalten!

Wenn er seine Rede dem Polizeibeamten, der in der Kneipe war, oder dem anderen, der am Kai entlang spazierte, herunterleiern würde ...

Er hatte das Gefühl, als finge man an, ihn schief anzusehen. Und doch bemühte er sich, sich so zu verhalten wie die andern, hinter einem

Angler stehenzubleiben, sich auf die Böschung zu setzen, in der Betrachtung eines Kahns zu versinken, der entladen wurde ... Er fragte sich, was die Leute aus dem Gasthof, wo er seine Rechnung nicht bezahlt und sein Fahrrad stehengelassen hatte, von ihm hielten ... Wenn er genug Geld gehabt hätte, wäre er dorthin Mittag essen gegangen ...

Er wußte, daß seine Frau um diese Zeit zu Hause, in Brüssel, damit beschäftigt war, das Essen zu kochen. Er hätte in seinem Arbeitszimmer sein müssen, die Tür halb offen, damit die Wärme des Ofens hereinkonnte. Er fragte nie, was es zum Mittagessen gab, denn er erriet es am Geruch. Von Zeit zu Zeit hörte er, daß der Herd geschürt wurde oder daß ein Topf verrückt wurde. Oder aber, wenn sein Sohn nicht krank war, daß seine Mutter ihm zuflüsterte: »Pst! ... Papa arbeitet ...«

Und der Junge saß immer auf dem Boden, inmitten seiner Spielsachen, falls er nicht einen umgestürzten Stuhl schob, der einen Handwagen darstellte, wie man ihn auf der Straße sah, mit Gemüse beladen, von Tür zu Tür ziehend, während der Händler die Kundinnen mit Hilfe einer Trompete herbeirief.

Plötzlich fuhr Pierre zusammen, wurde rot, versuchte nicht die Fassung zu verlieren, so heftig war der Schock, den er gerade erlitten hatte. Seit einer ganzen Weile stand er am Wasser und sah zwei Anglern zu, die in einem kleinen, grün gestrichenen Boot saßen. Einer der beiden Angler war der Metzger in der gestreiften Jacke.

Einen Meter von ihm entfernt stand nun ein anderer, der dieses Schauspiel betrachtete. Chave hatte nicht darauf geachtet. Er hatte gerade ein wenig den Kopf umgedreht und erkannte plötzlich den Mann vom Morgen, und zwar denjenigen der beiden, der kein Wort Französisch gesprochen hatte.

Seine erste Reaktion, so sehr war er trotz allem an die Höflichkeit gewöhnt, war die, ihm zuzulächeln und auf ihn zuzugehen. Doch der andere sah ihn so kalt an, als hätte er ihn noch nie gesehen.

Chave, von seinem Schwung mitgerissen, mußte irgend etwas stammeln. Er begann: »So ein Zufall . . .«

Der Mann trug denselben blauen Anzug wie am Morgen, in dem er geschlafen hatte. Er hatte sehr dunkle Haare, fiebrige Augen. Die Hände in den Taschen, drehte er seinem Gesprächspartner den Rücken zu, machte einige Schritte und stellte sich neben einem anderen Angler auf, womit er verdeutlichte, daß er nicht verstand, daß man das Wort an ihn gerichtet hatte.

Da er Chave nicht im Autobus hatte folgen können, deutete die Tatsache, daß er hier war, darauf hin, daß etwas im Gange war und daß der Baron sich nicht geirrt hatte! Das bedeutete aber auch, daß es K. war oder aber eine andere wichtige Persönlichkeit der Bande.

Er trug kein Paket, und das beruhigte Chave. Er rauchte eine handgedrehte Zigarette und dachte dem Anschein nach an nichts anderes als an den Schwimmer, dem er zusah, wie er in der Strömung dahinglitt.

War er gekommen, um das Attentat vorzubereiten oder um ihm von weitem beizuwohnen?

Pierre mochte ihn nicht. Er hatte eine gewisse Abneigung ihm gegenüber, und doch erriet er in ihm undeutlich einen von seiner Art, einen Betrübten, einen Aufsässigen, einen, der von einem schöneren Leben träumte und der seine Eltern gehaßt hatte.

Es war gegen Mittag. Leute fingen an, schneller zu gehen, so als beschleunige die Essenszeit den Rhythmus des Lebens. Man hörte eine Pfeife, dann Sirenen, die Glocken einer Kirche, die man nicht sah, Reihen zogen sich über die Bürgersteige entlang, Fahrräder fuhren im Gänsemarsch hintereinander her, und von weitem sah Chave seinen Pförtner, der den Schäferhund ausführte, damit er sein Geschäft verrichten konnte.

Die Autos, gegenüber der Fabrik, fuhren eines nach dem andern weg. Gut gekleidete Leute erwiesen sich Höflichkeiten, drückten sich die Hand, und nichts deutete darauf hin, daß die Bombe von einer Sekunde zur anderen explodieren könne, diesen unerwarteten Oktobermittag besudelnd.

Chave drehte sich um. Augen starrten ihn an, die Augen von K., der den Blick nicht abwandte, sondern fortfuhr, ihn plump zu beobachten. Es war zugleich eine Herausforderung und eine Drohung. Der andere schien ihm zu sagen:

»Du siehst! Ich bin hier! Ich lasse keine deiner Gebärden aus, und es ist sinnlos, auch nur den Versuch zu unternehmen, uns zu verraten ...«

Ein Detail trieb Pierre die Röte ins Gesicht. Die rechte Hand des Fremden blieb hartnäckig in der Tasche seiner Jacke stecken, und es schien ihm, als umklammere sie etwas Hartes, wie einen Revolver etwa ...

Er wandte die Augen ab. Er sah das schmutzige Gras der Böschung, eine alte Frau, die für ihre Kaninchen spärliche Endivienblätter rupfte, die sie in eine Tasche stopfte, dann ging Chaves Blick weiter nach oben, und er bemerkte einen Mann, der auf dem Kai stand und, eine Zigarette rauchend, ihn und K. beobachtete.

Es war einer von denen, die er im Verdacht

hatte, Polizisten zu sein, ein Dunkelhaariger, ein meridionaler Typ, vielleicht ein Korse. Der Metzger legte seine Angeln auf einem Tischchen aus lackiertem Holz zusammen. Kleine, sich bewegende Silhouetten färbten die beiden Bürgersteige der Brücke, über die zuvor fast nur Autos und Lastwagen gefahren waren, schwarz. Der Kran war zum Stillstand gekommen, und ein Arbeiter kletterte von seinem luftigen Sitz herunter.

K. warf seinen Zigarettenstummel ins Wasser und begann sich eine andere zu drehen. Chave ging mit unfreiwilliger Eile zum Kai zurück, wobei er sich bemühte, nicht in die Richtung des Polizisten zu sehen.

Er wußte noch nicht, ob man ihn aufgespürt hatte oder ob es der Fremde war, den man beobachtete. Er legte etwa zehn Meter zurück, drehte sich um und begegnete dem Blick des Korsen. Doch es schien ihm, als sei es ein gleichgültiger Blick. Der Inspektor blieb auf jeden Fall da, hinter K., der immer noch an derselben Stelle stand und sich mit seinem Feuerzeug beschäftigte.

Chave ging weiter, überquerte die Fahrbahn, gelangte an die Ecke einer ruhigen Straße, wo es nur Lager und Baustellen gab. Er drehte sich noch einmal um, und diesmal sah der Inspektor nicht mehr nach ihm, sondern war dem Fluß zugewandt.

Er wäre beinahe gelaufen, mußte sich zurückhalten, ging schnell, wie wenn man nachts Schritte hinter sich zu hören glaubt. Er ging an Arbeitern vorbei, die sich am Arm hielten, die sich einer zum andern herabbeugten, um sich vertrauliche Dinge zuzuflüstern. Dann ging er an einem jungen Lehrling vorbei, der im Gehen mit einem Stöckchen gegen die Wände schlug und der von Zeit zu Zeit stehenblieb, um, so weit er konnte, auszuspucken.

Er bog noch einmal nach rechts in eine Straße ein, die er nicht kannte. Dabei glaubte er aus der Entfernung das ›Routier‹ wiederzuerkennen, in dem er am Tag zuvor gegessen hatte. Als er näher kam, stellte er fest, daß es ein anderes Lokal war, denn die Tür war in der Mitte.

Im Innern strahlte ein großer Ofen eine dichte Wärme aus. Auf den Marmortischen gab es gemusterte Papierservietten, fettige Essig- und Ölständer, Senftöpfe, Rotweinflaschen, und ein kräftiges Serviermädchen, das nach der Auvergne roch, ging mütterlich trotz ihrer vier- oder fünfundzwanzig Jahre, von Tisch zu Tisch.

»Nehmen Sie auch Cassoulet?«

Der Wirt trug eine blaue Schürze. Leute stießen ohne Bosheit ihre Nachbarn ein wenig zurück, um Platz für ihre Ellbogen zu haben. Man hatte Hunger. Der Wein war sauer und half dem Ofen, die Wangen heiß zu machen. Die Gabeln stießen auf das Steingut. Soße befleckte immer mehr die Papiertischtücher, und die Straße auf der anderen Seite der von Lorbeerbäumen in Holzfässern eingerahmten Fensterscheiben war menschenleer, völlig menschenleer: eine weiße Mauer mit den Worten »Ankleben verboten« und Sonne darüber.

Nie war Chave so schläfrig gewesen. Nie hatte er eine solche Lust verspürt, sich zu entspannen, sein Gehirn ganz allein funktionieren zu lassen, ohne Kontrolle, sich von allem zu befreien, was es verstopfte, damit es schließlich so sei wie das eines satten Tieres, das im Traum versinkt.

»Verzeihung! Sie gestatten?«

Jemand nahm ihm seinen Senf weg und schüttete die Hälfte des Topfs auf seinen Teller. Zweimal streifte ihn der harte Hintern des auvergnatischen Dienstmädchens, während er, gegen seinen Willen, weiterhin die Tür im Auge behielt, auf der er einen Namen in Spiegelschrift zu lesen versuchte.

6

Er dachte nicht. Es war verschwommener, zusammenhangloser. Von den gelben Buchstaben der Tür war sein Blick zu den schwarzen Buchstaben auf der Mauer von gegenüber gegangen, die die Wörter »Ankleben verboten« bildeten. Die Mauer wurde von der Sonne beleuchtet, und wegen der Buchstaben, die Gedrucktem glichen, erinnerte sich Chave an den, den man den »Drucker« nannte, und er sagte sich, daß es vielleicht ein Fehler war, daß er ihn nicht angerufen hatte.

Er spielte in diesem Augenblick mit einem Zahnstocher herum und war sich bewußt, daß ihn nichts dazu drängte aufzubrechen, als er auf dem

Stück menschenleeren Bürgersteig, der ihm gegenüberlag, die lange Silhouette von K. auftauchen sah.

Zwanzig Gäste hätten die Szene verfolgen können, die sich abspielte, aber niemand achtete darauf, und wenn manche einen Teil davon sahen, war es ihnen unmöglich zu verstehen. K., der schnell ging, machte den Eindruck eines Mannes, der Mühe hat, seinen Bammel zu bezwingen und nicht zu laufen anzufangen.

Der Bürgersteig von gegenüber, die Mauer, die Inschrift waren wie eine Bühne, auf die der Scheinwerfer der Sonne gerichtet war ... K. war allein auf die Bühne gekommen, aber jetzt tauchte von der anderen Seite, aus der umgekehrten Richtung kommend, eine neue Person auf, die Chave mühelos als den rundlichen Polizisten erkannte.

K. sah ihn natürlich auch. Er war noch fünfzig Meter von ihm entfernt, als er plötzlich kehrt machte, und zwar genau in dem Augenblick, in dem eine dritte Person, der korsische Polizist, ebenfalls auf den Plan trat.

Es gab keinen Grund, daß die Dinge unwirklicher aussahen als gewöhnlich. Wenn Chave diesen Eindruck hatte, so lag es daran, daß er gerade reichlich gegessen und fast eine ganze Flasche Rotwein getrunken hatte und, den Zahnstocher zwischen den Zähnen, der Glückseligkeit entgegentrieb.

Die Personen schienen ihm kleiner als im Naturzustand und ihr Gang merkwürdig abgehackt. Jetzt war K. in der Mitte, mit seinem blauen Anzug, seinen dunklen Haaren, die er wie Chave lang trug, und seiner rechten Hand, die immer noch in der Jackentasche steckte.

Der fette Polizist, der ihm auf der einen Seite den Weg versperrte, schien nicht gefährlich; auf der anderen Seite war der Korse, der, im Theater, die Rolle des Verräters übernommen hätte.

Gegenüber aßen zwanzig und einige Personen plaudernd oder ins Leere schauend zu Mittag.

In Wirklichkeit konnte die ganze Sache nur kurze, sehr kurze Zeit gedauert haben.

Die Entfernung zwischen K. und den beiden Männern, dem, der vor ihm war und dem, der hinter ihm war, wurde immer geringer. Als ihm klar wurde, daß er in der Falle saß, blieb er kurz stehen, drei Meter von dem Korsen entfernt; man hörte einen Knall, dann sah man den Mann in Blau Hals über Kopf davonlaufen und aus dem Gesichtsfeld verschwinden.

Der Korse, der seinen Bauch mit beiden Händen festhielt, hatte geschwankt und sich an die Mauer gelehnt, weder stehend noch kauernd, so, als hinge er mit seinem Überzieher an einem

Nagel. Der kleine Dicke lief zu ihm. Der Verwundete rief ihm etwas zu, und der unverletzte Inspektor stürzte nun ebenfalls los, seinen Revolver in der Hand, in der Tasche nach seiner Trillerpfeife suchend.

Alles war aufgestanden. Die Tür stand offen. Chave stand auf dem Bürgersteig, und wie die andern sah er die Straße in ihrer ganzen Länge daliegen, mit den beiden Silhouetten, die dahingaloppierten, während der Polizist aus vollem Halse pfiff.

Leute überquerten die Fahrbahn. Ein Taxichauffeur, dessen Auto einige Meter weiter parkte, fragte seinen Nachbarn:

»Soll ich?«

Es war ein älterer Mann, ein Durchschnittsmensch wie aus dem Bilderbuch, und dennoch zögerte er nicht, setzte sein Auto in Gang, während ein junger Mann unterwegs auf das Trittbrett aufsprang.

»Macht etwas Platz da! ... Räumt den Gehweg ...«

Man hob den Korsen auf. Er hatte die Augen geöffnet und schnitt eine gräßliche Grimasse, vor allem weil man ihn, um ihn zu tragen, fast zusammenfaltete. Der Wirt telefonierte. Man hatte zwei Flaschen Rotwein umgestoßen, die auf den Boden flossen. Und Chave wagte nicht wegzugehen, weil er Gefahr lief, in dieser leeren Straße, in der es im Grunde nur die Akteure des Dramas gab, für einen von ihnen gehalten zu werden.

Er konnte aber auch nicht im Restaurant bleiben, das bald von der Polizei überschwemmt werden würde, denn der Wirt sprach mit dem Kommissar. Er stieß also die Hintertür auf. Eine auf diese Wand gezeichnete Hand zeigte zum Hof, der voller Kisten, Fässer und Flaschen stand. Links waren die Klos, aber er dachte, daß es ein schlechtes Versteck sei. Er stieß eine andere Tür auf, entdeckte die Stufen einer Steintreppe, die in den Keller führte.

Dort verbrachte er eine Stunde, ohne etwas zu wissen, auf einem Faß sitzend, immer auf der Lauer, sich beim geringsten Geräusch dahinter zu verstecken, in einem Geruch von billigem Wein, den er seit langem vergessen hatte. Er hörte kein Geräusch von draußen, und als einzige Zerstreuung gab es nur das Kommen und Gehen zweier Katzen, deren Bereich der Hof war und die sich ohne allzu große Überzeugung zu amüsieren versuchten.

Es war etwas später als vier Uhr, als er beschloß, wieder an die frische Luft hinaufzugehen. Er hoffte, sich durch den Schankraum zu schlängeln, ohne bemerkt zu werden, so, als käme er von der Toilette, aber er hatte nicht vorausgesehen, daß er sich plötzlich in einem leeren Schankraum befinden würde, in dem der Wirt, eine Stahlbrille auf der Nase, allein saß und neben seinem Ofen die Zeitung las.

Es war zu spät, um zurückzuweichen, und Chave machte ein so unschuldiges Gesicht wie nur möglich, während der Restaurantbesitzer mit einem ziemlich komischen Ausdruck des Erstaunens zu ihm aufsah.

»Ist niemand mehr da?« fragte Pierre unbesonnen.

Es war nicht nur niemand mehr da, sondern alles war wieder aufgeräumt worden, und nie hatte ein kleines Vorortrestaurant ein so ruhiges, so mildes, so sanftes Gesicht gezeigt.

»Na so was!« stammelte der Wirt und stand auf.

Es war besser, erst gar nicht auf seine Fragen zu warten.

»Er ist doch hoffentlich nicht tot?« stammelte Chave. »Als ich Blut gesehen habe, dieses ganze Blut, ist mir auf einmal schlecht geworden ... Ich bin nach hinten gegangen ... Und dort bin ich doch tatsächlich in Ohnmacht gefallen ... Was habe ich zu bezahlen? Ich hoffe, man hat den Mörder gefaßt?«

»Nein!« machte der andere, mürrisch, mißtrauisch.

Eine Viertelstunde später fragte sich Chave immer noch, wie er sich aus der Affäre gezogen hatte. Er hatte angeben müssen, was er verzehrt hatte, hatte bezahlen, zur Tür gehen müssen, ohne seine Eile erkennen und ohne den Wirt aus dem Auge zu lassen. Auf dem Bürgersteig hatte er sich weiter beherrscht, zumindest bis zur ersten Straßenbiegung, dann war er in die zu den Kais entgegengesetzte Richtung gegangen und schließlich ins Zentrum von Courbevoie gelangt, wo für ihn weniger Gefahr bestand.

Ein Gedanke war ihm gekommen, und er glaubte immer mehr, daß er richtig sei: die Polizisten dürften K., der erst seit kurzem in Frankreich war, nicht gekannt haben, und sie hatten ihn nur verfolgt, weil er Chave glich, dessen Personenbeschreibung sie besaßen.

Diese Ähnlichkeit war ihm am Morgen nicht aufgefallen, denn es war keine ausgesprochene Ähnlichkeit. Wenn man sie kannte, konnte man nicht den einen für den andern halten. Aber die schriftliche Personenbeschreibung war dieselbe. Sie waren beide groß und mager mit braunen, langen Haaren, auf *Künstlerart*, wie es heißt, mit dunklen, ›wilden‹ Augen.

Wer weiß? Wenn Chave am Morgen ruhig und

ungestört umhergehen konnte, so lag es daran, daß die Leute von der Polizei von dem Fremden hypnotisiert waren, den sie für Chave hielten!

Falls es ihm gelungen war, ihnen nach der Schießerei zu entkommen, dann gab es in der Gegend sicherlich ein ausgesprochenes Polizeiaufgebot, und Chave entfernte sich weiter aus der gefährlichen Zone, die in seiner Vorstellung aus den Seineböschungen und ihrer unmittelbaren Umgebung bestand.

Merkwürdigerweise kam ihm wieder der letzte Gedanke, den er vor dem Zwischenfall gehabt hatte, das heißt, daß er sich an den Drucker erinnerte und daß er plötzlich beschloß, ihn anzurufen.

Er wußte nicht genau, wo er sich befand, irgendwo in Courbevoie oder in Puteaux, denn er kannte die Grenzen der beiden Gemeinden nicht. Er ging in eine Bar und schloß sich in die Telefonkabine ein, rief von dort in dem kleinen Restaurant in der Rue du Mont-Cenis an, wo der Drucker für gewöhnlich seine Mahlzeiten einnahm.

Es war keine Kneipe wie jede andere, denn alle Welt hatte eine Schiefertafel, wo man ankreiden ließ, und jeder tappte in der Küche herum, wie es ihm gerade paßte. Man sah dort nur Käuze und Sonderlinge, die dem Vorkriegs-Montmartre entsprungen waren, und der Drucker, der hinten im Hof eine Werkstatt hatte, war in jedem Fall einer davon, denn er brüstete sich damit, daß er als Kind zur Bonnot-Bande gehört hatte!

»Ist Pierre am Apparat?« fragte er, weil er die Stimme des Kneipenwirts erkannte. »Ich möchte gern mit Laforgue sprechen .. Ja, mit dem Drucker ... Es ist dringend ...«

Er glaubte, den Wirt am Telefon zu sehen, ein großer Blonder, noch jung, der immer eine speckige Kochmütze auf dem Kopf und eine Schürze umgebunden hatte, die ihm zu allem diente, um die Tische damit sauberzumachen, sich die Hände abzuwischen und die Teller abzureiben.

»Was sagen Sie?«

»Er ist heute morgen weggegangen ... Ich glaube, er ist aufs Land gefahren, denn er hat angekündigt, daß er sehr spät heute abend zurückkäme ... Vielleicht erst morgen früh ...«

»Hallo! Hören Sie zu, Pierre ... Ich kann Ihnen meinen Namen nicht am Telefon sagen ... Ich bin ein guter Freund, verstehen Sie? Ist heute niemand gekommen, um nach Laforgue zu fragen? ... Haben Sie keine merkwürdigen Gäste bemerkt?«

»Ja!«

»Was sagen Sie?«

»Ja ... Na ja, zwei sind gekommen ... Zwei, die hier in der Straße waren und wohl immer noch hier herumlungern ...«

Chave hatte sich nicht geirrt, als er dachte, daß der Drucker überwacht wurde, wie wohl alle von der Gruppe, die der Polizei bekannt waren. Er hing ein und ging sofort aus dem Lokal, aus dem er telefoniert hatte, denn er fing an, sich vor allem in acht zu nehmen.

Die Ereignisse überstürzten sich.

Er spürte, daß er gleichzeitig nervöser und auch klarsichtiger war. Er wartete ungeduldig, daß die Nacht hereinbreche, denn die Straßen schienen ihm immer unsicherer und die Kneipen ebenso.

Daß der Drucker auf dem Land war, stimmte natürlich nicht, und Pierre, der Wirt, hatte diese Worte nicht ohne Ironie aussprechen können. Laforgue, der auf der Butte zur Welt gekommen war, im selben Hof, den er immer noch bewohnte, sah es tatsächlich als eine Expedition an, hinunter zu den Grands Boulevards zu gehen.

Wochenlang entfernte er sich nicht von der Place du Tertre, vom Morgen bis zum Abend und vom Abend bis zum Morgen einer Art von Trunkenheit ausgeliefert, die nur ihm eigen war, eine philosophische und ironische Trunkenheit, die ihm abends einen Kreis aufmerksamer Bewunderer unter den Bürgern, die auf die Butte zum Abendessen kamen, eintrug.

Er war nicht nur ein ausgezeichneter Drucker, sondern auch ein geschickter Graphiker, und wenn er ganz allein in seiner Werkstatt war, wo er neben seiner Druckerpresse schlief, ertappte man ihn manchmal, daß er erotische Blätter abzog, die er zu seinem persönlichen Genuß schuf.

Er war der Anarchist mit dem roten Halstuch, der Anarchist, der alle Revolutionslieder und die Geschichte aller Terroristen der Welt kannte. Was Kunden nicht davon abhielt, ihm Arbeiten anzuvertrauen, Visitenkarten, Trauerkarten, Prospekte. Er beschimpfte sie, warf sie manchmal vor die Tür, und sie kamen ohne Groll wieder.

Wenn er weder zu Hause noch bei Pierre noch an der Place du Tertre war (der Wirt überblickte von seiner Schwelle aus die ganze Straßenkreuzung), so hatte er gute Gründe, anderswo zu sein, und Chave dachte, daß er, fast mit Sicherheit, am Sitz der Gruppe, in Puteaux, sein müsse, wohin er nie die Füße gesetzt hatte, dessen Adresse er aber kannte.

Eine Stunde lang schritt Chave kräftig aus, machte Wege und Umwege und versicherte sich, daß ihm niemand folgte. Als es endlich dunkel war, begab er sich zu dem kleinen Platz von Puteaux, auf halbem Weg zu einem Boulevard, wo sich der betreffende Sitz befand, eine Wirtschaft, in deren erstem Saal zwei Billardtische standen, während ein Plakat verkündete:

»Saal für Gesellschaften – Kleiner Saal für Hochzeiten und Bankette.«

Offen gestanden näherte er sich dem Haus, das er nur von weitem sah, nicht, ohne sich versichern zu können, ob Polizisten in der Nähe Wache hielten.

Es war die Zeit, wo noch Betrieb auf den Straßen ist, Leute, die auf andere warten, Verliebte, Gruppen, die ohne ersichtlichen Grund am Bordstein eines Bürgersteigs zusammenstehen und sich von dort nicht mehr fortbewegen. Der Betrieb in dieser Kante war um so größer, als in der Nähe der Kneipe in einem Kino die erste Vorstellung begann mit einem nach der alten Mode durchgehenden Klingelzeichen.

Chave betrat schließlich eine Stehbierhalle, etwa hundert Meter entfernt, und schloß sich wieder in der Telefonkabine ein, nicht ohne jeden Gast beobachtet zu haben.

»Hallo! ... Würden Sie bitte den Drucker an den Apparat rufen? ... Aber ja! ... Er muß oben sein, in der Versammlung ... Sagen Sie ihm, es sei ein Freund aus Brüssel ...«

Er war plötzlich nervös, zu nervös. Ständig juckte es ihn, die Tür aufzumachen, um sicherzugehen, daß ihm niemand zuhörte. Er fragte sich, ob er richtig geraten hatte, ob er Laforgues Stimme hören würde.

»Hallo!«

Niemand! Hatte man sie vielleicht unterbrochen? Wer weiß, ob K. nicht ebenfalls da war, und ob er die andern nicht daran hinderte, ihm zu antworten?

»Hallo!«

»Ich höre!«

»Jean?«

Er nannte ihn absichtlich bei seinem Vornamen, aber eine schroffe Stimme sagte:

»Wer ist am Apparat?«

»C . . ., aus Brüssel.«

Ja! Es war kein Zweifel möglich. Es war der Drucker, der am andern Ende der Leitung war, aber er blieb mißtrauisch, obwohl er sicherlich Chaves Stimme erkannt hatte.

»Hör zu . . . Ich weiß vieles, was du wahrscheinlich nicht weißt . . . Ist Robert bei euch?«

Schweigen. Chave stand in der Dunkelheit, denn er hatte es unterlassen, den Riegel vorzuschieben, als er in die Kabine gegangen war und fand ihn jetzt nicht mehr.

»Hallo!«

»Ich höre . . .«, machte die Stimme des Druckers.

»Du hast mir nicht geantwortet... Ist Robert...?«

»Nein!«

»Ich schwöre dir, Jean, es ist sehr wichtig... Sag mir die Wahrheit... Ich muß Robert sofort finden...«

»Er ist nicht hier...«

»Und die andern?«

»Einige sind hier...«

»Und K.?«

Von neuem Schweigen.

»Begreifst du denn nicht, daß wir alle in Gefahr sind? Ich bin seit zwei Tagen in Paris. Ich habe dich nicht aufsuchen wollen, weil ich mir dachte, daß du überwacht wirst...«

Er hatte den Eindruck, daß der andere lachte, ein ungläubiges, beleidigendes Lachen.

»Du glaubst mir nicht?«

Keine Antwort. Und das Schweigen war so lange, daß Pierre sich fragte, ob sein Gesprächspartner nicht aufgelegt hatte.

»Hast du mir das sagen wollen?«

»Aber nein! Bleib am Apparat... Warte einen Augenblick...«

Jäh öffnete er die Tür einen Spalt, sah niemand dahinter. Die Gäste im Lokal saßen auf ihrem normalen Platz.

»Ihr werdet alle überwacht... Der Baron ist

zu mir nach Hause gekommen ... Die Polizei hat eine Hausdurchsuchung vorgenommen ...«

»Danach?«

»Ich muß unbedingt Robert sehen ...«

»Warum?«

»Bist du denn nicht auf dem laufenden, was sich da zusammenbraut?«

»Ich weiß nicht, wovon du sprichst ...«

»Antworte mir wenigstens auf meine Frage ... Ist K. dort? ... Ich habe vorhin gesehen, wie er in Courbevoie einen Inspektor niedergeschossen hat ...«

»Was du nicht sagst!«

»Aber, du Dummkopf ...«

Er hätte gern geheult! Denn es war ihm ganz klar, was da vor sich ging. Es war ihm um so klarer, als er von Zeit zu Zeit ein Flüstern hörte, das ihm bewies, daß jemand am zweiten Hörer sein mußte.

Man mißtraute ihm dort! Gott weiß, was man alles über ihn erzählt haben mochte? Vielleicht glaubte man, daß er Verrat begangen und die Polizei informiert hatte.

»Jean, bitte hör mir zu, ich flehe dich an ... Leider kann ich nicht zu dir kommen ...«

Und der Drucker, der sich sicherlich für schlau hielt, entgegnete: »Warum nicht?«

Er bediente sich des falsch naiven Tons einer

Kintoppfigur. Chave preßte vor Wut die Zähne zusammen.

»Weil ihr von der Polizei umzingelt seid!... Wenn du mir nicht glaubst, geh hinaus und mach einen kleinen Spaziergang. Wenn du dich dann umdrehst, wirst du sehen, daß man dir folgt...«

»Hat uns jemand verraten?«

»Dummkopf!«

»Danke! Ist das alles, was du zu sagen hast?«

Von neuem war das Flüstern zu hören, und Laforgue ergriff wieder das Wort.

»Von wo telefonierst du?«

»Das spielt keine Rolle...«

»Verzeihung! Das spielt eine große Rolle... Hier sind welche, die mit dir sprechen möchten...«

»Sie werden ein andermal Gelegenheit dazu haben...«

»Jemand sagt mir, daß du sehr genau informiert zu sein scheinst über das Tun und Treiben der Polizei...«

»Jean! Bitte! Sag mir nur, wo ich Robert finden kann. Mehr verlange ich nicht von dir. Danach werde ich euch alle Erklärungen geben, die ihr haben wollt...«

Er wurde puterrot. Er hatte gerade das Klicken des aufgelegten Hörers gehört, mit dem am andern Ende der Leitung die Verbindung unterbrochen wurde. Fast hätte er sofort wieder angerufen. Er zog es vor, hinauszugehen. Er stieß mit jemandem zusammen, und der Schreck fuhr ihm in die Glieder, er war im Begriff zu fliehen, riß sich nur durch ein Wunder zusammen, und während er an der Theke bezahlte, stellte er fest, daß der, den er angestoßen hatte, nur irgendein Betrunkener war. War er nicht mit Recht darauf gefaßt, überall die Polizei zu finden?

Draußen, auf der anderen Seite, sah er das Kino, hörte das schrille Läuten; er schaute hinauf zu den Fenstern der ersten Etage der Kneipe, wo seine Freunde versammelt waren, und einen Augenblick lang spielte er mit dem Gedanken, alles auf eine Karte zu setzen und trotz der Polizei geradewegs zu ihnen zu gehen.

Nicht seinetwegen tat er es nicht. Er tat es Robert zuliebe nicht, den er sich irgendwo vorstellte, aufgestachelt von Stéphan oder von anderen Freunden des K., während er auf die für das Attentat festgesetzte Stunde wartete.

Robert aber war sicherlich nicht mit den andern im Lokal, denn das wäre allzu riskant gewesen. Chave stellte ihn sich eher in der Rue de Birague oder an irgendeinem Ort dieser Art vor, und ein Glas Schnaps im letzten Augenblick würde genügen, ihm die letzten Skrupel zu nehmen.

Kleine Bistros gab es überall, und Chave betrat eine zweite, telefonierte von neuem, verlangte den Drucker und sagte:

»Es ist die Person von vorhin ...«

Er wußte nicht, ob das, was in ihm gärte, Trauer oder Wut war. Er kannte alle Freunde, die da waren, außer K., der ein Neuer war. Er kannte sie, er liebte sie, und er war es, der ihnen Mut zusprach, wenn manchmal der eine oder der andere nach Brüssel kam.

Es waren alles Unglückliche, Aufrichtige! Alle hörten ihm mit offenem Mund zu, weil er wortgewandter war als sie und ihnen in knappen Sätzen das übersetzte, was sie verworren dachten.

Jetzt hörten sie dort oben in diesem Versammlungssaal dem Bericht zu, den der Drucker ihnen von dem Telefongespräch gab, und Chave glaubte zu sehen, wie die Gesichter hart wurden, wie das Mißtrauen, dann der Haß in den Augen aufflammte.

»Hallo!«

»Bist du's?« sagte er mit müder, trauriger Stimme.

»Was willst du schon wieder?«

»Hör zu, Jean! ... Ich bin nicht weit von euch weg ... Ich könnte euch fast sehen. Wie zufällig sind hundert Meter vom Lokal entfernt zwei Autos geparkt, obgleich das hier nicht das Quartier ist ... Ich komme aus Courbevoie ... Ich bin zwei Tage dort geblieben, um auf der Lauer zu sein ... Ich weiß nicht genau, was passiert ist, aber die Polizei ist wachsam ...«

»Und?«

»Begreifst du denn nicht? Ich frage mich nur, was K. und Stéphan euch wohl erzählt haben mögen. Ich bin heute morgen bei ihnen gewesen, um Robert aufzusuchen ... Sie verstecken ihn ... Sie wollen nicht, daß wir wieder Einfluß über ihn bekommen ... Weißt du wenigstens, was sie ihn tun lassen wollen?«

Schweigen.

»Du weißt es?« schrie Chave, erschreckt.

»Ja und?«

»Du weißt es, und du läßt es zu? Ihr wißt es alle, und ihr laßt zu, daß dieser Bub ... Jean! ... Nein! Leg nicht auf ... Ich will nicht glauben, daß du ... daß ihr ...«

Er preßte die Fäuste zusammen, denn man flüsterte von neuem, und er hatte das Gefühl, als ob es K. persönlich sei, der mit dem Drucker zuhörte.

»Ich bin aus Brüssel gekommen, um das zu verhindern ... Das liegt nicht auf unserer ›Linie‹ ... Das gehört nicht zu ...«

»Hast du nichts anderes zu sagen? Dann kannst du deine Polizisten davon in Kenntnis setzen, daß, was sie auch immer tun mögen ...«

»Jean!«

Es wurde ihm bewußt, daß er schrie. Er fürchtete, die Aufmerksamkeit von zwei oder drei Personen auf sich zu ziehen, die in der Kneipe etwas verzehrten. Er hielt die Hand vor Mund und Sprechmuschel.

»Bitte, hör mir zu ... Es geht mir nicht um mich ... Es geht mir um den kleinen Robert ... Er ist noch ein Kind ... Du weißt genau ...«

»Ich weiß nur, wenn er geschnappt wird, dann hast du ihn auf dem Gewissen ...«

»Und die Arbeiter, die womöglich in die Luft gesprengt werden mit der ...«

Diesmal war es endgültig. Es gab ein Geräusch, dann hörte man das Klicken, und Chave stand allein da. Er stieß die Kabinentür auf, bestellte etwas, irgend etwas, wobei er aufs Geratewohl auf eine Flasche zeigte, denn die Kehle war ihm wie zugeschnürt, er hätte nicht sprechen können.

Draußen betrachtete er aus der Ferne die beiden Autos, und er hätte seine Hand dafür ins Feuer gelegt, daß sie der Polizei gehörten. Übrigens sah er an der Ecke des Platzes drei Männer, die sich seit einer halben Stunde nicht von der Stelle gerührt hatten, und die dennoch nicht in eine lebhafte Unterhaltung verwickelt waren.

Die andern, jene, die ihn für einen Polizeispitzel hielten, die hätte er schlimmstenfalls auch noch geopfert, aber da war Robert, dieser Robert, der so krank gewesen war, bei ihm zu Hause, weil er zu viel gegessen hatte, und der am nächsten Morgen wie ein kleines Kind weinte, weil er den Fußboden beschmutzt hatte!

»Verzeihung ...«, hatte er zu Marie gesagt. »Ich weiß nicht, wie das passiert ist. Wenn ich trinke ...«

Und Chave war überzeugt, daß er sich schließlich mit der Kusine zusammentun würde, von der er ständig sprach!

Er lief dahin, ohne es zu merken. Er blieb plötzlich stehen, weil er am Schaufenster eines Trödlers vorbeiging und ihm irgend etwas in die Augen stach, ein Matrosenanzug aus grobem, blauem Tuch.

Er überlegte nicht lange. Er betrat das Geschäft. Er fragte – und er mußte wie ein Halbirrer ausgesehen haben –, indem er auf das Kleidungsstück zeigte:

»Würden Sie es gegen meinen Anzug tauschen?«

Er erinnerte sich kaum noch an die Frau, die ihn bediente und die ihm half, sich wieder anzuziehen, eine ziemlich alte Frau mit einer tintenschwarzen Perücke, die ihr auf den Kopf gemalt zu sein schien.

Er wollte auch die Mütze. Wenn er gehandelt hätte, hätte er obendrein auch noch Geld bekommen, denn die Matrosenjacke war abgetragen, während sein Anzug, wenn er aufgebügelt war, für fast neu hätte gelten können.

Er ging weiter. Er hätte sich gern die Haare schneiden lassen, die nicht zu seiner Kleidung paßten, aber er traute sich nicht in das Licht eines Friseursalons, und instinktiv setzte er sich wieder in Richtung Courbevoie in Marsch.

Mit seinem neuen Aussehen war es besser, wenn er an den Kais entlangging, was er auch tat, und er kam zu der Gewißheit, daß man neue Polizeikräfte geschickt hatte, daß das ganze Quartier wie im Belagerungszustand war.

Doch als er darüber nachdachte, beruhigte er sich ein wenig. Er sagte sich, daß die Versammlung nicht stattgefunden hätte, wenn der Anschlag für heute abend vorgesehen wäre. Denn das ist eine Regel. In solchen Fällen zerstreut man sich, damit man nicht so leicht greifbar ist, und jeder zimmert sich ein Alibi zurecht.

Für den nächsten Morgen? Das gäbe ihm wenigstens noch eine Nacht Aufschub, und obgleich er nicht wußte, wie er es anstellen sollte, verlor er die Hoffnung nicht.

Es war eine fixe Idee geworden. Er wußte nicht mehr, ob er den Tod Unschuldiger verhindern oder den kleinen Robert davon abhalten wollte, eine Dummheit zu begehen, oder ob er, da er sich zum Teil für die Handlungen der Gruppe verantwortlich fühlte, für die Ruhe seines Gewissens kämpfte.

Er war in ein Räderwerk geraten. Er erinnerte sich kaum noch, wie er dort hineingeraten war, und die Theatervorstellung mit dem grauen Cutaway und den Wutanfällen des französischen Schauspielers erschien ihm fern.

Er hatte sogar den Baron vergessen. Er ging an den Bäumen entlang, erkannte von ferne die Ziegelsteinhaufen, die auf dem ruhigen Wasser schlafenden Kähne, dann, hier und da, Silhouetten, denen man besser aus dem Wege ging.

Einmal wäre er beinahe mit dem Hund zusammengestoßen, den der Pförtner der Fabrik an der Leine spazieren führte, sicherlich wegen der vielen Leute.

Was für einen Plan hatte K. ausgeheckt? Was für Instruktionen hatte er Robert gegeben? Würde dieser auf dem Fahrrad kommen, wie das letztemal? Würde er dem Pförtner ein Paket übergeben mit der Bitte, es dem Direktor zu bringen? Das war unwahrscheinlich, denn damit würde man Mißtrauen erwecken, da dieser Trick erst kürzlich in Österreich angewendet worden war.

Handelte es sich um eine Bombe, die man nur über die Mauer zu werfen brauchte, um sie zur Explosion zu bringen, und hatte Robert einkalkuliert, dabei draufzugehen?

Die Luft war mild, viel milder als an den andern Tagen. Chave ging immer noch und konnte sich nicht von dem Groll freimachen, den das Telefongespräch mit dem Drucker in ihm hinterlassen hatte.

Hätten sie nicht verdient, alle wie sie da waren, daß er zur Polizei ging? Wenigstens Robert würde sein Leben retten, denn einen Jungen, der zwar darin eingewilligt hatte, ein Attentat zu begehen, der aber daran gehindert worden war, würde man nicht aufs Schafott zu schicken wagen. Und es bedeutete gleichzeitig, andere Leben zu retten ...

Er durchwühlte seine Taschen und stellte fest, daß er in seinem Anzug die Zigaretten vergessen hatte. Er kam in die Nähe der Eckkneipe und wäre beinahe hineingegangen, zu müde, um zu denken und Vorsichtsmaßnahmen zu ergreifen.

Es war reiner Zufall, daß er wenige Meter vor der Glastür hochsah. Darauf blieb er stehen und ging dann mit schnelleren Schritten weiter. Direkt vor ihm, an dem Tisch, der der Theke am nächsten war, hatte er gerade den Baron gesehen, der vor einem gelblichen Aperitif saß.

Gewiß, seine Anwesenheit war ungewöhnlich. Was aber noch verwirrender war, das war sein Aussehen. Er war wie gewöhnlich angezogen. Er hatte seinen Hut ein wenig zurückgeschoben, wie immer, wenn er in einer Wirtschaft saß. Nichts von alledem überraschte: es war das allgemeine Aussehen, der Eindruck, der einen überkam, nicht den Baron vor sich zu haben, sondern ein Bildnis von ihm, das man fürs Wachsfigurenkabinett gemacht hatte.

Woran lag das? Chave hätte es nicht sagen können. Er hatte ihn nur wenige Sekunden angesehen und ein Unbehagen dabei empfunden, als hätte man den Baron ausgestopft, um ihn hierhin zu setzen, reglos und leblos, in der Art eines monströsen Köders.

Er mußte sich schütteln, um sich von diesem unangenehmen Eindruck freizumachen. Dann erinnerte er sich an die Bösartigkeit des Druckers und der andern ihm gegenüber.

Alle waren überzeugt, daß er sie verpfiffen hatte!

Irrten sie sich völlig? Das fragte sich Chave ebenfalls, während er über die Brücke ging, ohne zu wissen, wohin er ging.

Der Kerl, der gepfiffen haben konnte, war der Baron, und man hatte ihn an den Tatort zurückgebracht. Wegen der Angler, die er in den letzten

Tagen beobachtet hatte, konnte Chave das Bild einer riesigen Made nicht verdrängen ...

Er zuckte zusammen. Zu sehr mit seinen Gedanken beschäftigt, um zu sehen, was um ihn vorging, erblickte er Füße, blank polierte schwarze Schuhe, Dutzende schwarzer Schuhe; er sah hoch und entdeckte in der Nähe der Brücke eine Gruppe bewaffneter Gardisten, die sich im Schatten hielten.

Er mußte sich zusammennehmen, um seine Gangart nicht zu verändern, doch das hinderte ihn nicht daran, fünfzig Meter weiter ein Polizeiauto zu sehen, das am Bürgersteig geparkt hatte.

Es war unheilverkündend. Das roch nach Aufruhr, nach Bürgerkrieg. Es war für ihn noch unheilverkündender als für irgend jemand anderes, weil er Bescheid wußte, weil er fast der Grund dafür war, weil es für ihn genügen würde, Robert ausfindig zu machen und unter vier Augen mit ihm zu sprechen.

Dann begann er plötzlich schneller zu gehen, und als er an der Brücke von Neuilly war, sprang er auf einen Autobus.

7

In dem verlassenen Ministerium blieb nur noch das Vorzimmer und das Arbeitszimmer des Ministers erleuchtet. Im Vorzimmer war der Amtsdiener auf die Annoncen einer Abendzeitung angewiesen, die er von vorn bis hinten zu lesen die Zeit gehabt hatte.

Der einzige Besucher hatte sich nicht setzen wollen und blieb an einem der Fenster stehen, um auf den dunklen Hof hinabzuschauen, wo drei Autos parkten.

»Die Herren sind in einer Konferenz . . .«

»Ich weiß. Sagen Sie ihnen trotzdem, daß ich hier bin . . .«

Zehn Minuten vergingen, bevor die Tür aufging. Die Luft roch nach Zigarrenrauch, und im Verhalten der Herren lag eine unangenehme

Feierlichkeit, etwas Heimliches, Gehemmtes, fast Verschämtes.

Der Kommissar war der einzige, der seinen Überzieher anbehalten hatte. Er blieb respektvoll stehen, wie sich das gehörte, nachdem er mit seinem Chef einen wenig begeisterten Blick gewechselt hatte. Der Minister, der seine Hände flach auf dem Schreibtisch liegen hatte, schien sich einen Ruck geben zu müssen, um zu fragen:

»Nun?«

»Immer noch nichts, Herr Minister ...«

Der andere wandte sich an den Polizeipräfekten.

»Finden Sie das normal, daß diese Leute so lange warten? Ich jedenfalls frage mich langsam, ob dieser anonyme Brief nicht ein schlechter Scherz ist ...«

Bloß sagte er das so, wie man zu einem Sterbenden sagt:

»Sie werden schon sehen, im nächsten Frühjahr wird es Ihnen besser gehen ...«

Und als das Telefon klingelte, nahm er den Hörer ab, hielt ihn dem Kommissar hin.

»Es ist für Sie ...«

»Sie gestatten? ... Hallo, ja ... Aha! ... Gut! ... Nein ... Nichts ...«

Sie sahen ihn alle an, und der Kommissar wandte den Kopf ab und murmelte: »Er ist tot.«

»Wer?«

»Brigadier Combi ... Man hat versucht, die Kugel herauszuoperieren, aber ...«

»Was hat man der Presse dazu gesagt?« sorgte sich der Minister.

»Fast nichts: ein verfolgter Verbrecher, der sich umdreht und das Feuer auf die Polizisten eröffnet, die den Auftrag haben, ihn zu verhaften ...«

»Haben Sie ihn noch nicht gefunden?«

Der Kommissar sah seinen direkten Vorgesetzten an, als wolle er ihm sagen, wie schwer es sei, über diese Dinge in Gegenwart eines Außenstehenden zu sprechen. Dann schüttelte er den Kopf, bestätigte:

»Ich habe ihn noch nicht gefunden ...«

»Kurzum, außer dem Baron haben Sie sonst niemanden verhaftet?«

»Wir haben in Puteaux gerade sieben Personen verhaftet, in einem Lokal, in dem sich gewöhnlich eine kleine Gruppe von Anarchisten trifft. Seit zwei Tagen wurde jeder von ihnen einzeln verfolgt. Es werden genau dreiundachtzig Verdächtige Tag und Nacht überwacht ...«

»Und unterdessen ist der Mann, der auf Ihren Brigadier geschossen hat ...«

»... in das betreffende Lokal gegangen ... Das hat mich dazu bewogen, die Dinge übers Knie zu brechen ... Leider haben wir das ganze Gebäude noch so sehr durchsuchen können, vom Keller bis zum Speicher, wir haben ihn nicht gefunden ...«

Der Kommissar sagte das ernst, ohne Demut, als ein Mann, der sich bewußt ist, das Menschenmögliche getan zu haben.

»Hat der Baron immer noch nicht gesprochen?«

»Immer noch nicht. Wir haben ihm eine reichliche Mahlzeit serviert und ihn mit einem edlen Wein allein gelassen. Das hat ihn zutraulicher gemacht, aber ihn nicht dazu gebracht zu sprechen. Ich habe ihn als Köder nach Courbevoie geschickt, für den Fall, daß einer der andern ...«

»Dieser Trick ist schon einmal mißlungen«, sagte der Minister streng.

»Ich weiß ...«

»Sie werden doch nicht behaupten wollen ...«

Er schickte sich an, in Zorn zu geraten, hielt aber inne, weil er dunkel spürte, daß er unrecht hatte.

»Bedenken Sie, meine Herren, daß ein einziger Mann, mit einer Bombe ... Und wir wissen nicht, wer hinter diesem Mann steht, wer ein Interesse daran hat ...«

Er zuckte zusammen, als er den Kommissar flüstern hörte, wie zu sich selber: »Das werden wir danach wissen ...«

»Wonach? Sie werden mir doch nicht sagen wollen, daß Sie darauf gefaßt sind, daß . . .«

Es war die Stunde, in der Paris zu Abend aß, in der die Menge in die Kinos strömte, und zwei Theater gaben eine große Premiere.

»Nein, Herr Minister . . . Ich müßte mich schon sehr täuschen, aber nach meiner Meinung ist es weder für heute abend noch für heute nacht . . . Was mich auf diesen Gedanken bringt, ist die Versammlung, die sie heute abgehalten haben . . . Ich wäre zum Beispiel nicht erstaunt, wenn morgen früh . . .«

»Und was gedenken Sie zu tun?«

»Alles, was in unserer Macht steht. Die Leute verhören, die wir verhaftet haben. Die andern weiter verfolgen. Überall suchen, und vielleicht werden wir dann . . .«

Er wandte sich an seinen direkten Vorgesetzten.

»Wer erledigt das mit Combi?«

Es ging darum, wer der Witwe die Trauernachricht überbringen würde, mit den üblichen Tröstungen, dem Versprechen der Verdienstmedaille, vielleicht einer bedeutenderen posthumen Auszeichnung?

»Ich werde mich drum kümmern . . .«, versicherte der Direktor.

Der Kommissar ging weg. Die Tür schloß sich

wieder, und sie fuhren fort, sich Fragen zu stellen, mürrisch, beunruhigt, in der schweren Atmosphäre des Arbeitszimmers mit den roten Teppichen.

Chave wußte nicht, wie er ihre Aufmerksamkeit auf sich lenken sollte. Er wagte nicht an die Scheibe zu klopfen, denn er hatte Angst vor der Chefin, einer kleinen, älteren Frau, mit der, so schien es, nicht gut Kirschen essen war, um so weniger, als ein Umschlag darauf hinwies, daß sie Zahnschmerzen hatte. Er wartete, daß die Kusine endlich in seine Richtung schauen würde, aber man hätte meinen können, daß sie ihn absichtlich mied.

Die beiden Frauen räumten den Laden auf, nahmen Käse und Butter von den Marmortischen, um sie im Kühlschrank zu verstauen, trugen die Reste gekochten Gemüses in einen Raum hinter dem Laden. Sie hatten die Tür einen Spalt offenstehen lassen, als wollten sie sich die Chance eines letzten Kunden nicht entgehen lassen, und Chave hatte nur eine Angst: daß die Läden heruntergelassen würden, bevor er mit der Kusine sprechen konnte.

Auch hier war wieder ein Kino in der Nähe, aber es war kein kleines, armseliges Kino, mit einer altmodischen Klingel, wie in Puteaux. Und dank der Menge, die hineinströmte, blieb Chave unbemerkt.

Einmal, als die Kusine ganz deutlich nach ihm hinschaute, machte er den Mund weit auf, deutete eine Gebärde an, doch entgegen jeder Erwartung setzte sie ihre Arbeit fort, als ob nichts wäre.

Ungeduld überkam ihn, Panik. Wäre es nicht lächerlich gewesen, verabscheuungswürdig sogar, wenn er wegen einem so dummen Grund gescheitert wäre?

Also klopfte er mit einem Geldstück an die Fensterscheibe. Es war die dicke Frau, die sich umdrehte, ihn einen Augenblick schweigend ansah, dann an die Tür kam und schrie:

»Was wollen Sie denn?«

»Entschuldigen Sie bitte ... Ich habe Ihrer Angestellten ein Wort zu sagen ...«

»Sie hat jetzt keine Zeit ...«

»Kusine!« rief er trotzdem. »Ich muß unbedingt einen Augenblick mit Ihnen sprechen ...«

Dann begriff er, warum sie ihn vorhin so gleichgültig angesehen hatte. Sie hatte ihn in seiner neuen Kleidung nicht wiedererkannt. Sie kam näher, mißtrauisch, achselzuckend.

»Sie sind's? Das hätten Sie sagen sollen, statt diesen Hokuspokus zu machen ... Ich bin in einer Minute zurück, Madame Ligeard ...«

»Und du überläßt mir die ganze Arbeit?«

»Ich sage Ihnen doch, daß ich gleich zurück bin!«

In der Tat hatte sie nicht die Absicht, weit zu gehen. Sie machte lediglich drei Schritte auf dem Bürgersteig, ohne sich die Mühe zu machen, aus der vom Schaufenster beleuchteten Zone herauszutreten. Fast hätte sie Chave etwas wegen seiner Verkleidung gesagt, aber sie zuckte die Achseln, wobei sie sicherlich dachte, daß es sich nicht lohne.

»Was ist los?« sagte sie nur.

»Kommen Sie etwas weiter mit ... Ich habe Ihnen sehr ernste Dinge mitzuteilen ...«

»Der Laden wird bald zugemacht ...«

»Ich schwöre Ihnen, daß es ernst genug ist, damit Sie den Laden sein lassen ... Kommen Sie ...«

Sie folgte ihm bis zur Ecke einer kleinen Straße, wo sie voreinander stehenblieben, wie ein Liebespaar, das man abends an solchen Kreuzungen sieht.

»Haben Sie Robert wiedergesehen?«

Er hatte genau gespürt, daß sie weniger liebenswürdig war als am Morgen, und jetzt hatte er den Beweis dafür, denn sie antwortete, indem sie den Kopf abwandte:

»Nein ... Warum?«

Sie log natürlich. Dessen war er sicher. Sie log

so schlecht, daß sie das Bedürfnis hatte, ihm ins Gesicht zu sehen, in der eitlen Hoffnung, ihn von ihrer Aufrichtigkeit zu überzeugen.

»Haben Sie Robert gesehen?«

»Aber ich sage Ihnen doch, daß ich ihn nicht gesehen habe! Außerdem geht das nur mich was an ...«

Gleichzeitig drehte sie sich in Richtung des Ladens um, wie jemand, der es sehr eilig hat.

»Sagen Sie schnell, was Sie mir sagen wollten ...«

Statt zu sprechen, packte er sie am Arm, wobei er sich herabbeugte, denn sie war viel kleiner als er. Sie zuckte zusammen, machte sich frei.

»Nur zu! Was gibt's denn jetzt? Also so was ...«

Sie war kratzbürstig und von einer Vulgarität, die weh tat.

»Ich frage mich, warum ich gekommen bin ...«

»Sie werden mir zuhören! ... Sie wissen gar nicht, was los ist ...«

Er ließ ihren Arm nicht los, und sie schrie:

»Sie tun mir weh! ...«

Was lag schon daran. Die Leute, die vorübergingen, glaubten sicherlich an die Spiele von Verliebten. Chave blieb hartnäckig, ohne sich um die Meinung des Mädchens zu kümmern.

»Ich weiß nicht, was Robert Ihnen gesagt hat, aber ich weiß, daß ich ihn unbedingt sehen muß ... Hören Sie zu, Kusine ...«

»Lassen Sie mich erst mal los ...«

»Heute morgen waren Sie nett zu mir ...«

»Weil ich da noch nicht wußte ...«

»Was wußten Sie nicht?«

»Das wissen Sie genau.«

Und Chave jagte in der Zusammenhanglosigkeit dieses Wortwechsels der Wahrheit nach. Zum Überfluß beobachtete die Milchhändlerin sie von ihrer Ladenschwelle aus und rief schließlich:

»Jeanne! ... Jeanne!«

»Ich komme!«

»Einen Augenblick ... Ich glaube, daß ich allmählich errate ... Stéphan hat sie wohl glauben gemacht ...«

»Wollen Sie mich wohl loslassen, ja? Oder soll ich Ihre Freunde rufen?«

»Welche Freunde?«

»Die von der Polizei, Mann!«

Und, nachdem sie sich endlich freigemacht hatte, begann sie auf den Laden zuzulaufen, dessen Tür sie hinter sich schloß. Es war immer noch Licht. Die beiden Frauen fuhren fort, wie in einem Glaskäfig hin- und herzulaufen, man sah, wie sich die Lippen der Kleinen bewegten, und man verstand, daß sie in verächtlichem Ton etwas erzählte, während sie mit ihrem nassen Putzlappen über den Boden wischte.

Das einzige, was Chave nicht gedacht hätte, war, daß es gelingen könnte, ihn in den Augen Roberts als einen Verräter hinzustellen! Die Kusine hatte Robert gesehen! Robert hatte es ihr gesagt ...

Ohne Zeit zu verlieren, überquerte er die Straße, und gleich darauf betrat er das kleine Hotel in der Rue de Birague, versuchte, ohne stehenzubleiben, am Büro vorbeizugehen. Der Hotelwirt holte ihn auf der Treppe ein.

»Was wollen Sie?«

Er erkannte Chave nicht wieder, weil er ihn am Morgen nicht näher angesehen und sein Aussehen sich mit dem Anzug geändert hatte.

»Ich gehe rauf, um Freunde zu besuchen ...«

»Was für Freunde?«

»Die von Nummer 7.«

»Können Sie sich sparen ... Die sind nicht mehr hier ...«

»Sind Sie sicher?«

»Ich sage Ihnen, daß sie nicht mehr hier sind, das muß Ihnen genügen. Gehen Sie ...«

Es stimmte vielleicht. K., der wußte, daß er sein Quartier aufgestöbert hatte, war wahrscheinlich vorsichtshalber umgezogen. Aber dann war jede Chance verloren, Robert zu finden. Chave konnte nur noch darauf zählen, ihn dort zu erwarten, an der Brücke von Courbevoie, wo er bestimmt von der Polizei angehalten werden würde.

Für einen Augenblick überkam ihn Depression und Zorn, Zorn gegen sie alle, gegen Baron, gegen den Drucker, gegen Robert vor allem, der noch dümmer war als die andern. In einer offengebliebenen Metzgerei kaufte er sich eine Wurst, die er ohne Brot aß, während er streitsüchtig um sich sah.

Er entfernte sich nicht. War es vielleicht sein Instinkt, der ihn zurückhielt? Er betrachtete von weitem die grellen Lichter des Milchgeschäfts, und am Ende lehnte er sich an eine Mauer, nicht weit von dort, mit dem Bewußtsein, seine letzte Chance wahrzunehmen.

Das bißchen Vertrauen, das ihm noch blieb, wäre beinahe verflogen, als er die Lampen des Ladens ausgehen sah und hörte, wie der eiserne Rolladen heruntergelassen wurde. Er wußte nicht, ob die beiden Frauen gegessen hatten und ob die Kusine im Haus schlief.

Trotzdem wartete er, weil es nichts anderes mehr zu tun gab. Er sah, hier und dort, andere Leute, die ebenfalls auf etwas warteten: die einen auf den Beginn des Hauptfilms, die andern auf die Ankunft einer Freundin oder eines Autobusses.

Ein junger Mann mit einer Mütze, der seine Zeitung unter einer Gaslaterne las, wurde als erster bedient und entfernte sich am Arm eines kräftigen, appetitlichen Mädchens, das schallend lachte. Ein Herr mit grauem Schnurrbart, der seit gut zehn Minuten ungeduldig wartete, sah seinen Autobus kommen und verschwand aus dem Universum Chaves.

Beinahe hätte er die Kusine nicht wiedererkannt, denn auch sie hatte sich anders angezogen. Sie trug einen kleinen rötlichen Mantel, den sie wohl in einem dieser billigen Kaufhäuser in der Umgebung des Hôtel de Ville gekauft hatte, und trotz ihrer Unbekümmertheit schaute sie beim Gehen um sich.

Chave folgte ihr von weitem und hatte Angst, sie zu verlieren, als sie die Place de la Bastille überquerte. Er hatte noch größere Angst, er sei in die Irre gegangen, als er sah, daß sie sich zur Rue de Lappe begab, denn er glaubte, sie ginge in eines der Tanzlokale im Quartier.

Aber nein! Sie ging weiter, immer schneller, als überkomme sie ein Schwindel in dem Augenblick, in dem sie das Ziel erreichte.

Nirgends sonst hatte Chave soviele Leute in Ecken herumstehen oder in dunklen Winkeln auf weiß Gott was warten gesehen, und er glaubte, er hätte die Kusine verloren, als diese plötzlich verschwand, wie von einem Korridor geschnappt.

Erst als Chave an dem Haus ankam, stellte er

fest, daß es ein Hotel war, noch beschissener als das in der Rue de Birague. Ein riesiges Weib, wie eine Porzellanfigur angemalt, stand auf der Schwelle und hielt nach Kunden Ausschau. Chave ging zögernd vorbei, fragte sich von neuem, was er tun sollte.

Zum erstenmal in seinem Leben bedauerte er, daß er nicht bewaffnet war. Er war nie mit einem Revolver umgegangen. Die Feuerwaffen machten ihm Angst, genauso, wie jede andere Waffe, wie alles, was dem Fleisch weh tut.

Aber er wußte nicht, was aus K. geworden war, und vor Stéphan fürchtete er sich.

Dennoch trat er ein, der dicken Frau eine falsche Freude machend. Sie lächelte ihn mit einem Auge an, denn das andere war aus Glas. Sie wollte eine Tür öffnen.

»Nein ... Ich suche meinen Freund, der heute nachmittag hier eingezogen sein muß ...«

Er war an solche Situationen nicht gewöhnt. Es fehlte ihm an Sicherheit, er erschien viel jünger als sein Alter.

»Mein Freund Robert ... Er ist mit Ausländern zusammen. Das Mädchen, das gerade reingekommen ist, ist zu ihm raufgegangen ...«

»Dann ist es im zweiten Stock, denn ich habe gehört, daß sie im zweiten Stock stehengeblieben ist ...«

»Vielen Dank ...«

Sie zuckte die Achseln und legte sich wieder auf die Lauer:

»Keine Ursache!«

Er sah kein Büro. Er fragte sich, während er hinaufging, bei wem man bezahlte. Auf dem Treppenabsatz des ersten Stocks mußte er sich dünn machen, um ein Paar an sich vorbeizulassen, ein Mann im Überzieher, der den Kopf abwandte und schief zu gehen anfing, und ein blutjunges Mädchen ohne Hut, das ihm folgte und dabei sein rötliches Haar in Ordnung brachte.

Bis dahin hatte er weder die Müdigkeit der letzten Tage noch die Gefährlichkeit seines Schrittes gespürt. Er war gewissermaßen durch die erworbene Kraft und fast ohne sein Wissen da angelangt.

Als er nun auf dem dunklen Treppenabsatz des zweiten Stocks ankam, fehlte ihm der Mut. Seine Beine wurden weich, sein Kopf leer. Er hätte viel gegeben für ein Glas Schnaps, das ihn wieder aufgemöbelt hätte.

Wußte er überhaupt, wo er war? Ohne Grund erschien ihm das Haus geheimnisvoll. Er hörte Geräusche, und jedes von ihnen ließ ihn zusammenzucken. Er wagte es nicht, da stehenzubleiben, aus Furcht, eine Tür würde sich öffnen, er wollte aber auch nicht weggehen.

Feige und mit dem Bewußtsein seiner Feigheit stieg er nach oben und fand sich im dritten Stock, aber dort war eine Tür halb geöffnet, und er bemerkte ein Zimmermädchen, das die Betten machte, so daß er aus Furcht, angesprochen zu werden, wieder hinunterging.

Er hatte nichts vorbereitet. Als er an einer Tür vorbeistreifte, hörte er, wie eine Stimme sagte:

»Was hat er gesagt?«

Es war Roberts Stimme! Ohne länger zu überlegen, suchte Chave den Türknauf, drehte ihn um und stand von einer Sekunde zur andern im Licht eines engen Zimmers, das dem von heute morgen so ähnlich sah, mit seinem Eisenbett und dem in Unordnung geratenen Bettzeug, daß er glaubte, er sei noch in der Rue de Birague.

Er sah zuerst die Kusine, weil sie stand und weil er sie mit der Tür angestoßen hatte. Dann sah er, auf dem Bett, Robert ... Erst als er sich umdrehte, fand er sich Auge in Auge mit Stéphan und geriet in Verwirrung.

»Hör zu, Robert ...«

Das Zimmer war so eng, daß sie aufeinander standen. Die Kleider der Kusine rochen noch nach Milchladen. Der Pole hatte die Tür abgeschlossen und ließ den Besucher nicht aus den Augen.

»Er ist mir gefolgt!« schimpfte das Mädchen zornig.

Und der Pole befahl ihr mit seinem Akzent:

»Sie würden jetzt besser daran tun zu gehen ...«

»Soll ich gehen, Robert?«

»Ja ... Geh ...«

»Stimmt es auch, daß du nichts riskierst?«

»Das haben wir dir doch versichert! ... Geh ... Morgen abend bezahl ich dir das Kino ...«

Er schnitt eine schurkische Grimasse, die Chave mißfiel. Robert und die Kusine umarmten sich nicht, drückten sich nicht die Hand. Der Pole begnügte sich damit, die Tür auf- und wieder zuzumachen. Dann steckte er den Schlüssel in die Tasche.

»Weshalb bist du gekommen?« fragte darauf Robert mit einer Stimme, die Chave im Innersten traf.

Er mußte sich tatsächlich anstrengen, um sich an die Nacht in Brüssel zu erinnern, in der der Junge so krank gewesen war, um zu verstehen, daß Robert diesmal getrunken hatte.

Übrigens stand die Flasche da, und dazu auf fettigem Papier irgendwelche Fressalien. Stéphan hatte sich ans Fußende des Bettes gesetzt und ließ Chave nicht aus den Augen.

»Bist du gekommen, um uns auch auszuspionieren? Wie?«

»Hör zu, Robert ...«

»Du wirst doch nicht versuchen wollen, mir

was vorzumachen? Sag mal, du glaubst wohl, wir wüßten nicht Bescheid? Wer hat denn den Baron in Brüssel *verpfiffen*, und warum haben sie dich überhaupt über die Grenze gelassen, wo du doch verdächtiger bist als jeder andere? Wie? Was hast du darauf zu antworten ...«

»Beruhige dich ... Ich werd dir erklären ...«

»Das läßt du wohl besser bleiben ... Stimmt's nicht, Stéphan, daß wir viel wissen? ... Könntest du uns sagen, warum die Polizei damit angefangen hat, die Brücke von Courbevoie zu überwachen, während du diese Gegend nicht mehr verlassen hast? Und warum ist niemand auf den Gedanken gekommen, wo du doch ein Wehrdienstverweigerer bist, dich zu verhaften? Und was hast du heute morgen in unserem Hotel gewollt? ... Ich hab dich gehört ... Ich war dort, im Wandschrank ...«

»Das habe ich mir gedacht«, sagte Chave traurig.

»Dann gibst du also zu ...«

»Ich gebe gar nichts zu! Beruhige dich, Robert! Denk nach! Wenn du dich beruhigt hast, können wir miteinander reden, obgleich es mir nicht sonderlich gefällt, in Gegenwart gewisser Leute zu sprechen ...«

»Natürlich nicht!«

»Was willst du damit sagen?«

»Daß sie das Spiel durchschaut haben, das du in

Brüssel gespielt hast ... Jetzt bist du ja fast am Ziel ... Wie viele haben sie vorhin denn eingebuchtet? ...«

»Wen eingebuchtet?«

»Spiel nicht den Dummkopf! ... Du weißt genau, daß sie alle verhaftet worden sind, in Puteaux ... Und du weißt auch, daß die Seineböschungen dort wie eine Festung bewacht sind ... Gib mir zu trinken, Stéphan!«

Chave wagte ihn kaum anzusehen. Das war nicht mehr der Robert, den er gekannt hatte, sondern ein Robert, den man gleichzeitig mit dem Alkohol auch mit Mißtrauen und Haß besoffen gemacht hatte. Dort saß er in Hosenträgern auf dem zerwühlten Bett, und seine Augen hatten einen solchen Ausdruck, daß Chave den Kopf umdrehen mußte.

»Übrigens wirst du nachher Gelegenheit haben, dich zu erklären ... Wir warten auf jemanden, der sich sehr freuen wird, dich hier zu finden ...«

»Robert!«

»Was, Robert?«

»Sollen wir beide nicht mal fünf Minuten miteinander reden? Wenn du wenigstens einen Augenblick aufhören würdest zu trinken, mit mir raus in die frische Luft gehen würdest ...«

Der Pole sagte nichts, so sicher war er sich seiner Sache.

»Steht etwa zufälligerweise die Polizei schon unten?«

Gleichzeitig richtete Robert sich auf, noch haßerfüllter. Er spuckte ein wenig beim Sprechen, weil er getrunken hatte, und sein großer Mund war zu rot, wie geschminkt.

»Ich will dir lieber gleich sagen, daß, wenn du ein solches Ding gedreht hast ...«

»Die Polizei steht nicht unten.«

»Was willst du also draußen tun?«

»Mit dir sprechen ... Dich an gewisse Dinge erinnern ...«

»Daß ich bei dir gegessen habe, wahrscheinlich, und daß ich deinen Teppich beschmutzt habe, als ich alles wieder rausgekotzt habe?«

»Halt den Mund!«

»Daß ich geheult habe, weil ich ein Stück Vieh bin, und daß, wenn ich getrunken habe ...«

»Getrunken hast du jetzt ...«

»Was du nicht sagst?«

Die Szene war in ihrer Vulgarität, ihrer Groteskheit entsetzlich. Und Stéphan zeigte seine langen, gelben Zähne in einem Lächeln ohne Fröhlichkeit, das ihm genügte, alle seine Gefühle auszudrücken.

»Ob du mir glaubst oder nicht ... Ich schwöre dir beim Leben meines Sohnes, meiner Frau, meines Vaters, daß ich niemanden bei der Polizei *verpfiffen* habe ... Außerdem, wenn ich jemanden verpfiffen hätte, dann hätte ich bei dir anfangen müssen, denn du sollst ja, morgen früh ...«

Stéphan stand auf und lauschte an der Tür, um sicherzugehen, daß niemand sie bespitzelte. Wie Robert war er hemdsärmlig und trug keinen falschen Kragen.

»Nein, Robert, ich bin kein Denunziant ... Und wenn ich nach Frankreich gekommen bin, auf die Gefahr hin, für Monate und aber Monate ins Gefängnis gesteckt zu werden, während mein Junge krank ist, so geschah es nur, weil ich nicht wollte, daß du ...«

Er konnte nicht weitersprechen. Es tat ihm weh. Er hätte gern gehabt, daß wenigstens diese Dinge mit einem Minimum an Würde gesagt, daß diese Gefühle unter passenderen Umständen hätten ausgedrückt werden können.

In der Atmosphäre, die sie umgab, lag etwas Schimpfliches, wie bei manchen Lastern, manchen Krankheiten. Und vor allem war da Robert, der sich auf diese Atmosphäre eingerichtet zu haben schien und der an einen kleinen Strolch erinnerte, den ein Freier in ein zweideutiges Hotel mitgenommen hatte.

»Quatsch dich ruhig aus!« sagte er, während er Trauben aß.

»Würde es dir nichts ausmachen, wenn du morgen abend erfahren müßtest, daß es durch deine Schuld zehn oder zwanzig Tote gegeben hat, Arbeiter wie du, Leute, die tun, was sie können, um in diesem Hurenleben über die Runden zu kommen, und Verwundete, Männer, die in einem Geruch nach Krankenhaus vor sich hinröcheln, und Frauen, die weinen, Kinder, denen man nicht die Wahrheit zu sagen wagt ...«

»Du hast immer gut gesprochen!«

»Robert!«

Chave weinte. Er merkte es nicht. Er wäre zu allem möglichen imstande gewesen, sich auf die Knie zu werfen, auf dem Boden herumzurutschen, um dieser dummen und grausamen Szene ein Ende zu setzen, um vor allem diesem Alptraum ein Ende zu setzen, dieser Furcht vor dem nächsten Morgen, die ihm die Kehle zuschnürte.

»Und du warst einmal ein anständiger Junge ...«

»Was du nicht sagst!«

»Halt den Mund! Du begreifst also nicht, daß du im Begriff bist, dich schmutzig zu machen? Begreifst du denn nicht, daß diese Leute hier« – und er zeigte auf Stéphan – »sich deiner bedienen und daß sie dich hinterher fallenlassen? Begreifst du nicht, daß sie keine von den unsern sind, sondern daß sie, ich weiß nicht von wem, bezahlt werden, um ...«

Er unterbrach sich abrupt. Mit einer veränderten Stimme, einer haßvollen Stimme, sagte Robert:

»Stéphan! ... Soll ich ihm in die Fresse hauen?«

Und für Chave war es ein wenig so, als ob seine Frau plötzlich mit der Stimme jener Dirne zu ihm gesprochen hätte, die an der Tür auf Kunden lauerte.

»Halt den Mund!«

»Stéphan!«

Und der andere sagte mit seinem slawischen Akzent:

»Wir müssen auf unseren Freund warten ...«

Natürlich war damit K. gemeint, und aufs Geratewohl rief Chave ihnen zu:

»Er hat vorhin auf der Straße einen Polizisten niedergeschossen ... Einen Mann, der vielleicht Familienvater ist ...«

»Ein Bulle weniger!« spottete Robert. »Morgen, das kannst du mir glauben, wird's einige von seiner Sorte geben, die ein komisches Gesicht schneiden werden ... Stimmt's nicht, Stéphan?«

Im Nachbarzimmer quietschte ein Bett. Dann hörte man eine Stimme, vielleicht die der Frau mit dem Glasauge ... Und eine Männerstimme stammelte so etwas wie Gebete ...

Darauf fing Chave, mit den Nerven am Ende,

zu schluchzen an, den Kopf in die Hände gestützt, weil er den Eindruck hatte, daß es ein wenig sein Leben war, das in diesem ganzen Schmutz gerade gescheitert war.

Es schien ihm unmöglich, daß er, nur vier Tage zuvor, noch in Brüssel in seinem Arbeitszimmer gesessen hatte – dem zu einem Arbeitszimmer umfunktionierten Eßzimmer –, den Geruch des Mittagessens schnuppernd, das zubereitet wurde, bisweilen die Stimme seines Jungen hörend, Sätze schreibend, die er langsam wiederlas und mit einer Schrift korrigierte, die er für die Drucker so lesbar wie möglich machte.

»Das sind Krokodilstränen!« höhnte Robert. »Wenn man seine Genossen verraten hat ...«

»Begreifst du denn gar nichts?«

»Was könnte ich denn begreifen?«

»Nichts ... Du bist zu dumm ... Wenn ich nur wüßte, daß du diese Bombe nicht werfen wirst ...«

»Willst du sie ihm nicht zeigen, Stéphan?«

Chave nahm die Hände vom Gesicht. Seine Augen glänzten.

»Ist sie hier?«

»Wenn du schlauer wärst, hättest du sie sogar schon gesehen, denn sie springt dir in die Augen ...«

Stéphan lauschte wieder an der Tür, öffnete sie

einen Spalt, denn jemand kam die Treppe herauf. Aber es war noch nicht K., und die Tür wurde wieder geschlossen, während Chave rot wurde, weil ihm gerade ein schrecklicher Gedanke gekommen war. Er hätte beinahe die Gelegenheit dieser geöffneten Tür genutzt, um den Polen anzustoßen, die Treppe hinunterzulaufen und den erstbesten Polizeibeamten zu benachrichtigen.

»Stéphan!«

Der Pole drehte sich um, immer noch diese Art erstarrten Lächelns im Gesicht.

»Ist er wenigstens nicht bewaffnet?«

Und der andere schüttelte verneinend den Kopf, was bewies, daß er ganz unauffällig die Taschen des Besuchers sorgfältig abgetastet hatte.

»Was wirst du mit ihm tun?«

»Ich werde ihn hierbehalten, bis alles vorbei ist ... Es sei denn, der Chef beschließt was anderes ...«

»Und was ist, wenn er um Hilfe ruft?«

Stéphan zog seine Hand halb aus der Tasche, aber das genügte, um den Griff eines Revolvers zu zeigen.

»Wie spät ist es?«

»Zehn Uhr ...«

»Um wieviel Uhr kommt man mich holen?«

»Nicht vor fünf Uhr morgens ...«

»Ich werde allmählich müde ... Wenn der nicht da wäre ...«

Er sah Chave gelangweilt an. Dann zuckte er die Achseln.

»Bewachst du ihn? Kann ich einen Augenblick schlafen?« Bevor er sich ausstreckte, trank er einen Schluck Alkohol, aß einige Trauben, deren Kerne er in die Luft spuckte.

»... Abend, alter Stéphan!«

Er hatte sich zur Wand gedreht, und Chave konnte den Ausdruck seines Gesichts nicht sehen, als er an seine Adresse hinzufügte:

»... Abend, alter Schuft!«

8

Es hatte etwas von einem Nachtzug und einem Asyl der Heilsarmee, von Kaserne und Krankenzimmer, von Gefängnis, von Totenwache, von allem, was außerhalb des normalen Lebens ist, von all dem, was bitter und lästig ist, mit einem allzu starken menschlichen Geruch, einem Nachgeschmack nach Elend, der in der Kehle kratzt.

Und es geschah an der Grenze zwischen Wachen und Schlaf, in einer grauen, ungewissen Region, wo Chave zuweilen das Verlangen ankam, sich anzuklammern, um nicht im Nichts zu versinken.

Mit einem Laut eines jungen, müden Tiers hatte sich Robert auf seinem schlechten Bett umgedreht, und er glänzte, seine Nasenflügel waren aufgebläht, seine Lippen geschwollen, sein Haar gekräuselt wie bei einem Schaf.

Chave hätte gar nichts anderes tun können, als ihn eingehend zu betrachten, vor allem, da der Junge ihm größer vorkam als sonst, wie auf einer Großaufnahme, und man die Poren seiner Haut schwitzen sah.

Doch hin und wieder zuckten seine Wimpern unmerklich, und obgleich sein Atem ruhig und gleichmäßig blieb, war Chave überzeugt, daß Robert ihn ebenfalls heimlich beobachtete, durch den schmalen Spalt seiner Augenlider.

Der andere, der Pole, saß ganz hinten im Zimmer, am Bettende, und das Hauptlebenszeichen, das er von sich gab, war, daß er jedesmal, wenn seine Zigarette aufgeraucht war, eine neue an seiner Kippe anzündete, dann von neuem die Beine übereinanderschlug und Chave anschaute, wobei er Rauch ausstieß.

Das war alles. Sie waren zu dritt. Der Rest der Welt war fern, außer der Klage eines lüsternen Greises im Nachbarzimmer. Es gab wenig Requisiten: neben Robert Wurstreste und klebrige Traubenbälge, die er ausgespuckt hatte; auf dem Tisch, in Stéphans Reichweite, einen Revolver neben einem Schnapsfläschchen, einen Wecker und eine Thermosflasche.

Schließlich hörte man, wegen der Reglosigkeit

und der Stille, Geräusche, die es gar nicht gab, wie etwa das Rollen eines Zuges oder den Atem irgendeiner Riesenmaschine.

Chave war niedergeschlagen; er war traurig. Traurig wie ...

Er hätte gern gesagt wie Jesus Christus! Eine grundlose Traurigkeit. Eine graue, verzweifelte Traurigkeit. Und von Zeit zu Zeit, wenn er glaubte, Roberts Augenlider hätten gezittert, stachen die seinen, und seine Unterlippe begann sich vorzuschieben.

Er hatte keinen Groll auf Robert. Er sah sogar Stéphan an, um in Erfahrung zu bringen, ob er einen Groll auf den Polen hätte, und er dachte nein. Es war ein armer Kerl. Er war gezeichnet. Wenn er nicht den Schlauberger spielte, glich er allen andern seines Landes, die Chave in die Kohlenreviere Nordfrankreichs und Belgiens hatte strömen sehen, um die Bergarbeitersiedlungen zu bevölkern.

Er mußte Schlaf haben. Es war einfach unmöglich, in diesem schlecht beleuchteten Zimmer zu sitzen, ohne daß einen die Lust ankam zu schlafen, und deshalb rauchte er auch ohne Unterlaß.

Hatte er nicht zugegeben, daß die Bombe hier war, vor ihren Augen? Chave inspizierte sorgfältig alles, was um ihn herum war, und erst ganz am Ende begriff er, und auch das nur wegen des

Weckers, der ihn auf den Gedanken brachte, wie die Sache funktionieren könnte.

Bestand die Bombe nicht aus der Thermosflasche, die daneben stand? Der Beweis dafür war, daß Stéphan, als er ihn in seine Betrachtung versunken sah, ebenfalls die Thermosflasche anschaute und dann ein Lächeln aufsetzte, das sarkastisch sein sollte.

Einige Minuten vergingen. Und der Pole, der wohl immer noch an die Thermosflasche dachte, streckte die Hand aus, ergriff den Revolver, den er von jetzt an nicht mehr losließ, nicht einmal, wenn er seine Zigarette anzündete.

Chaves Gehirn füllte sich unmerklich mit Rauch. Die Bilder wurden entstellt. Die Ereignisse verwirrten sich schließlich.

Darauf unternahm er eine schmerzhafte Anstrengung, um wach zu werden, und er schaute um sich, wobei er die Augen aufriß, bis die Konturen der Dinge klar und deutlich wurden.

Stéphan hatte fünf Uhr gesagt ... Um fünf Uhr käme man Robert abholen, so wie man einen zum Tode Verurteilten abholen kommt, und es wäre dunkel und kalt und feucht, und man würde ihn nach Courbevoie bringen und vorsichtig die Bombe tragen und ihm letzte Empfehlungen geben. Und Robert, würde er in diesem Augenblick nicht in seinem Entschluß schwankend werden? Würden seine Augen, die die Müdigkeit rot umränderte, nicht um ihn herum nach einer Möglichkeit suchen, seinem Schicksal zu entgehen?

Wie die zum Tode Verurteilten würde er nach Schnaps riechen und eine zerkaute Zigarettenkippe würde an seinen Lippen zittern ...

Chave schlief ein. Nein, er richtete sich wieder auf. Er kniff sich, um sich wach zu halten, und er warf dem Polen einen herausfordernden Blick zu, der sich nicht besser hielt als er.

Manchmal kamen ihm Ideen, die sich nicht verwirklichen ließen, aber logisch, verführerisch waren, wie man sie im Halbschlaf hat.

So gab es zum Beispiel ein Mittel, Robert zu retten: man mußte ihm ein Bein brechen, denn mit einem gebrochenen Bein konnte er nicht nach Courbevoie gehen, um seine Bombe zu werfen. Ein schwerer Gegenstand hätte genügt, ein Hammer oder eine Eisenstange. Bevor Stéphan hätte eingreifen können, hätte Chave zugeschlagen.

Was würden die andern dann machen? Würden sie ihre Bombe selber hinbringen? Ganz bestimmt nicht, denn sie hatten sich die Mühe gemacht, Robert hinters Licht zu führen ...

Aber er hatte weder eine Eisenstange noch einen Hammer. Hätte er jedoch eine Waffe dieser Art besessen, so hätte er es nicht gewagt, sich ihrer zu bedienen. Man fängt nicht auf einmal an, drauf loszuschlagen, vor allem kaltblütig, wenn man nicht daran gewöhnt ist, und Chave war immer Schlägereien und allem, was an Gewalt erinnert, aus dem Wege gegangen.

Er dachte an eine andere, heroischere Möglichkeit. Er versuchte auszurechnen, wieviel Personen im Augenblick in diesem Hotel sein mochten. Wahrscheinlich nicht viele! Vielleicht zehn?

Und es waren keine sehr interessanten Personen. Würde zum Beispiel die Frau mit dem Glasauge, die auf der Türschwelle nach Kunden Ausschau hielt, viel verlieren, wenn man sie vom Leben befreite? Und der alte Schweinehund, der im Nachbarzimmer keuchte?

War es deshalb, da die Bombe in Courbevoie aller Wahrscheinlichkeit nach viel mehr Opfer fordern würde, nicht besser, sie sofort hochgehen zu lassen? Indem er sich in einem Augenblick draufstürzen würde, in dem Stéphan nicht darauf gefaßt wäre ...

Er dachte daran. Immer wieder dachte er darüber nach, von Anfang bis Ende, doch im Grunde wußte er, daß er es nicht tun würde, und plötzlich zuckte er zusammen, weil es an die Tür klopfte.

Stéphan zuckte ebenfalls zusammen. Robert öffnete die Augenlider einen Spalt, doch vom Licht getroffen, schloß er sie sofort wieder.

Der Pole stellte halblaut eine Frage in seiner Muttersprache, und da er sich der Tür und folglich auch Chave genähert hatte, hielt er vorsichtshalber seinen Revolver auf Chave gerichtet.

Es war eine Frauenstimme, die antwortete. Stéphan öffnete die Tür, durch die eine Person von etwa dreißig Jahren hereinkam, sicherlich eine Polin, gedrungen und fett, ein unangenehmes, ungesundes Fett, mit Bratwurstarmen und -beinen, einem schlecht geschminkten Gesicht, einem komischen Körper mit Wülsten, der in einen billigen Pelzmantel gehüllt war.

Die Tür wurde wieder geschlossen. Die Frau zündete sich eine Zigarette an, schien nicht erstaunt über das Schauspiel, das sie vor Augen hatte und begann zungenfertig zu reden.

Stéphan, der ihr zuhörte, schien sich in einer Zwickmühle zu befinden. Zweimal hörte Chave das Wort *telephoon* heraus, und als der Pole sich anschickte wegzugehen, war er überzeugt, daß er begriffen hatte.

Die Sache sah wohl so aus! K., von der Polizei gehetzt, wollte nicht in die Rue de la Roquette kommen, und er hatte bei einer ihrer Freundinnen angerufen, die in der Nähe wohnen mußte, daß sie Stéphan holen solle. Dieser setzte eine Mütze auf, ohne dabei seinen Gefangenen aus den Augen zu lassen, dann sprach er wieder, immer noch auf polnisch, und übergab den Revolver der jungen Frau, die sich auf seinen Platz gesetzt hatte.

Endlich ging er hinaus und schloß die Tür von außen ab. Dies Geräusch weckte Robert, der sich im Bett aufsetzte und die Frau, die den Platz seines Kameraden eingenommen hatte, verblüfft betrachtete.

»Was ist denn das?« stammelte er.

Und sie, mit einem sehr starken Akzent:

»Es ist nichts ... Stéphan ist telefonieren gegangen ...«

Sie hielt den Revolver gewissenhaft auf Chave gerichtet, und der bekam langsam Angst, eine falsche Bewegung könne einen Schuß auslösen.

»Wie spät ist es?«

Diesmal antwortete Chave: »Halb eins ...«

Und der andere sah ihn an, als ob er sich nicht mehr so genau an seinen Zorn von vorhin erinnerte. Er streckte den Arm aus, um an sein Glas zu kommen und trank einen Schluck, worauf er eine Grimasse des Ekels schnitt.

»Wer hat telefoniert?« fragte er die Polin.

Aber die bedeutete, daß sie es nicht sagen könne. Und Robert, dem die Augen vor dem Kopf standen, zuckte die Achseln.

»Hör zu ...«, stammelte Chave. »Hör mir einen Augenblick zu, mein kleiner Robert ... Du darfst das nicht tun ...«

Der junge Mann sah ihn gelangweilt an, gähnte, rieb sich das Gesicht und seufzte:

»Du weißt genau, daß es zu spät ist!«

»Es ist nicht zu spät ... Nicht nur dein Leben steht auf dem Spiel, sondern viele andere Leben, und ...«

»Ach, laß mich in Ruhe!«

Er hatte nicht mehr den Mut, sich zu empören oder zu ärgern. Die Müdigkeit wirkte und die entmutigende Atmosphäre des Zimmers, wo man jetzt zu allem Überfluß auch noch den Schweiß und das ranzige Parfüm der Frau zu riechen begann.

In dem Augenblick, in dem Chave der Gedanke kam, sah Robert ihn an, und der Ausdruck in der Physiognomie seines Kameraden überraschte ihn. Es war sehr rasch, unerwartet. Chave wollte gerade wieder mit seinem Gejammer und seinen Bitten anfangen. Und da, plötzlich, nachdem er seit Stunden nach einer Lösung suchte, fand er sie, ohne es zu wollen. Und gegen seinen Willen lächelte er, verblüfft darüber, daß er nicht früher daran gedacht hatte.

Was hatte ihn daran gehindert zu handeln, seit er in diesem Zimmer war? Der Revolver natürlich! Der Revolver, den der Pole in der Hand hielt und den er jetzt seiner Landsmännin anvertraut hatte!

Nun stand aber eindeutig fest, *daß er sich dieses Revolvers gar nicht bedienen konnte!* Es war kindisch! Die Bombe war auf dem Tisch! Und an der Ecke der Rue de Lappe war Polizei.

Stéphan konnte sie *um keinen Preis* in dieses Zimmer locken, wo die Wahrheit sofort entdeckt werden würde.

Chave zitterte richtig. Es hätte nicht viel gefehlt, und er wäre sofort aufgestanden, derart juckten ihn die Beine. Er vermied es, seinen Kameraden anzusehen, denn diesem wäre der Triumph in seinen Augen nicht entgangen.

Er mußte warten. Jetzt war das Zimmer abgeschlossen und der Pole, der draußen war, hatte den Schlüssel. Aber er würde zurückkommen. Sicherlich würde die Frau dann gehen. Er würde wieder seinen Platz einnehmen, mit seiner Waffe, die jetzt nicht gefährlicher mehr war als eine Kinderpistole!

Chave schloß die Augen, preßte die Lippen zusammen, damit sie nicht zu zittern begannen, und schließlich hörte er Schritte auf der Treppe. Die Schritte machten auf der andern Seite der Tür halt. Der Schlüssel drang ins Schlüsselloch.

Stéphan war da. Und wie vorgesehen, nahm er wieder die Waffe an sich, wobei er einige Worte an die Polin richtete, die ungern wegging, so, als hätte sie dem Schauspiel gern beigewohnt.

Stéphan war nicht lustig. Er sagte zu Robert:

»Ich habe mit ihm gesprochen ... Er wird nicht kommen können, aber er hat mir alle Instruktionen gegeben ...«

»Brechen wir immer noch um fünf Uhr auf?«

Zuerst hatte sich Chave vorgenommen, solange zu warten, bis die Atmosphäre von neuem gewirkt hätte, bis jeder in seine dumpfe Träumerei versunken wäre. Aber er konnte sich nicht mehr länger beherrschen. Er sprang so plötzlich auf, daß niemand sich rührte. Vielleicht glaubte man, er habe einen Krampf oder ein dringendes Bedürfnis.

Er sah sie für den Zeitraum einer Sekunde einen nach dem andern an. Er zitterte. Ihm war zuinnerst so schmerzlich zumute, daß er schnell machen mußte, um dieser Angst ein Ende zu setzen.

Er deutete die Gebärde an, ohne es zu merken. Ein Schritt in Richtung auf den Tisch, ein Arm, der ausgestreckt wurde, eine Hand, die die Thermosflasche ergriff, genügten.

Und jetzt hatte er sie. Er schaute beide herausfordernd an.

Er ging rückwärts auf die Tür zu, die er aufmachte.

Stéphan war so fahl geworden, daß man hätte glauben können, er sei krank. Er rührte sich nicht.

Seine Finger lösten sich, und der Revolver fiel zu Boden.

Chave wußte nichts davon. Er war draußen. Er lief die Treppe hinunter. Er stieß die Frau an, die immer noch in dem engen Hausflur stand.

Hinter ihm hallten Schritte. Er glaubte, in der Thermosflasche Flüssigkeit sich bewegen zu hören, und in diesem Augenblick erreichte seine Angst ihren Höhepunkt.

Denn, was er in den Händen hielt, war eine Bombe. Er kannte weder ihr System noch wußte er, wie sie eingestellt wurde. Hatte er in seiner Eile nicht die Frau mit dem Glasauge angestoßen? Würde ein Stoß nicht genügen, um die Bombe zur Explosion zu bringen?

Trotzdem ging er schnell. Die Straße war menschenleer. Die meisten Tanzlokale der Rue de Lappe waren geschlossen, aber auf dem Bürgersteig hielten sich noch zwei Polizisten auf.

Da sie jedoch hier waren, um Schlägereien zwischen Tänzern zu verhindern, schenkten sie Chave, der, seine Thermosflasche an sich gepreßt, vorbeiging, keinen Blick.

Place de la Bastille ... Er überquerte sie mit großen Schritten, und andere Schritte kamen näher, eine Stimme sagte:

»Pierre ... Hör zu ...«

Der kleine Robert war ihm auf den Fersen,

ohne Hut, struppig, das Hemd über der Brust geöffnet.

»Du hast nicht das Recht, das zu tun... Ich werde dir das nie im Leben verzeihen...«

Ein kurzer Blick nach hinten. Stéphan folgte ihnen ebenfalls, aber in gebührender Entfernung. Er folgte widerwillig, stets auf dem Sprung, hätte man meinen können, beim geringsten Alarm kehrtzumachen.

Und Chave ging weiter, wie in einem triumphierenden Traum. Er ging nicht: er flog! Nie in seinem Leben hatte er so große Schritte gemacht.

Er ging den Boulevard Henri IV entlang... Am Ende der beiden Kastanienbaumreihen erblickte er schon die Seinebrücke, und er wäre am liebsten gelaufen. Er tat es nur deshalb nicht, weil er Angst hatte, die Bombe zur Explosion zu bringen.

»Pierre!... Bitte...«

Der andere, der kleiner war als er, mußte laufen, um ihm zu folgen, und es war wirklich außergewöhnlich, mit einem solchen Geleit dahinzugehen, es war einzigartig, übermenschlich. Und Chave begann, allein zu sich selber zu sprechen, seine eigene Handlung zu kommentieren.

»Ich wußte ja, daß ich etwas finden würde... Ich wußte es... Ich wußte zwar nicht was, aber ich wußte, daß...«

In der Thermosflasche bewegte es sich manchmal. Er hatte den Eindruck, etwas Lebendiges zu tragen, dessen Leben ihn bedrohte. Die Brücke war nur noch hundert Meter weg, nur noch fünfzig, dreißig... Er drehte sich um und sah, daß der Pole nicht mehr weiterging. Er hatte den Eindruck, daß er sich an die Häuser preßte, daß er von der Dunkelheit angezogen, von ihr vernichtet wurde. Robert zögerte nun ebenfalls, weiterzugehen, und Chave überquerte allein die Fahrbahn, faßte Fuß auf der Brücke, auf der er noch einige Schritte machte.

Er zögerte ein letztes Mal. Um dieses Zögern zu überwinden, machte er eine große Gebärde und warf die Thermosflasche, so weit er konnte, in die Seine. Beinahe wäre er da stehengeblieben, von einer unbekannten Kraft an den Boden festgenagelt. Er mußte seine Füße einen um den andern lösen, und dann lief er, so schnell er nur konnte, geradeaus, bis ans andere Ende der Brücke, dann an der Ile Saint-Louis entlang.

Als er stehenblieb, war er vielleicht fünfhundert Meter von der Stelle entfernt, wo er die Bombe geworfen hatte. Er keuchte, hielt sich mit beiden Händen die Brust, versuchte die Erregung seines Herzens zu dämpfen, das Blut in seinen Adern zu bremsen, seine Schläfen, in denen es klopfte, ruhig werden zu lassen.

Es würde etwas geschehen. Er erwartete es. Er brauchte es fast. Die vom Fluß gemilderte Explosion, etwas wie ein Feuerwerk, mit einer Wassergarbe, dann einem Sprudeln, hätte ihn beruhigt.

Er stand lange da und wartete, mit feuchter Haut und verkrampften Fingern. Dann hörte er Schritte, Stimmen. Zwei Polizisten gingen den Bürgersteig entlang, und er marschierte hundert Meter vor ihnen her, erreichte das Ende der Insel, überquerte eine Brücke und war in der Nähe der Notre-Dame.

Zum Glück stand nicht weit von ihm entfernt eine Bank. Er hatte das dringende Bedürfnis, sich zu setzen. Er hatte das Gefühl, ganz einfach ohnmächtig zu werden. Sein ganzer Körper erschlaffte.

Doch er wurde nicht ohnmächtig. Er nahm nur den Kopf in beide Hände und weinte. Weinte plötzlich herzzerreißend, grundlos, mit dem Gefühl, daß sein ganzes Sein dahinschmolz.

Es war eine Reaktion, die heftiger und wollüstiger war als die heißeste Umarmung einer Frau.

»Ist das wirklich notwendig?« fragte der Baron ohne Überzeugung, und er schien zusammenzusacken wie ein Reifen, aus dem die Luft entweicht.

Man hatte einen Automaten aus ihm gemacht. Man hatte ihn derart verhört und auf alle Arten und Weisen, daß er die Fragen nicht mehr hörte. Man sagte zu ihm, er solle sich setzen, und er setzte sich, er solle aufstehen, und er stand auf, er solle essen, und er aß.

Jetzt war er am Ende, und er betrachtete wie das Dekorum eines Alptraums diese Eckkneipe, in die er sich von neuem hatte setzen müssen, deutlich sichtbar, um eventuell als Köder zu dienen.

Er hatte immer noch seine berühmte Aktentasche in der Hand, die zwei Schiffe enthielt und die Pläne für mindestens fünfzehn Aktiengesellschaften. Er trug seinen angeberischen Überzieher und hatte scheinbar blühende Wangen, in Wirklichkeit jedoch waren sie weich und schlaff.

»Einen Calvados!« bestellte er bei dem Wirt, der ihn jetzt langsam kannte.

Nur mit Mühe erkannte er die Brücke, das Backsteingebäude des Stadtzolls, die ersten Bäume des Kais.

Die Sonne schien wie im Frühling. Die Natur freute sich derart, daß man hätte glauben können, die Bäume würden wieder grün werden und die Spatzen schrien und kreischten wie Schüler in der Pause.

Zwei Tische weiter saß der dralle Polizist, der auf dem Kriminalamt, wenn er unbeobachtet war, schon zweimal versucht hatte, ihn mit Fußtritten gegen die Schienbeine zum Sprechen zu bringen.

Man hatte den Kommissar gesehen, der die ganze Nacht in der Gegend verbracht und überall Männer versteckt hatte, so daß das ganze Viertel mit Kriminalbeamten und Polizisten gespickt war.

Die Leute achteten nicht darauf. Sie drehten sich erstaunt um, wenn sie an einer Straßenecke vorbeikamen und dort drei oder vier Männer sich an die Wand drückten wie Kinder, die Räuber und Gendarm spielen. Aber sie hatten das schnell vergessen, und man angelte, wie an allen anderen Tagen, eher noch mehr, wegen des Wetters; man entlud einen Kahn mit Sand und einen mit Kohle, was einen recht hübschen Kontrast zwischen weiß und schwarz bildete; ein seltsamer Wagen, vor dem sechs Pferde angespannt waren, brachte einen Riesenbaum ins Sägewerk und unterbrach den Verkehr.

Der Baron dachte nicht mehr. Den Polizisten mußte schließlich der Kopf rauchen.

Aber dessen ungeachtet folgte ein Telefonanruf auf den andern, fuhren die Autos zwischen der Präfektur und der Rue des Saussaies hin und her.

Jemand glaubte am Morgen das Auto des Innenministers bemerkt zu haben, das lange in der Nähe der Brücke geparkt hatte und dann endlich weitergefahren war.

»Glauben Sie immer noch, daß dieser anonyme Brief kein Scherz war?« hatte der Minister den Kommissar mit dem Schnurrbart gefragt.

Währenddessen nahm Chave mit seinem Anzug, der ihm nicht stand, und seiner Seemannsmütze die Straßenbahn an der Gare du Midi.

Die Straßen von Brüssel waren noch heller als die von Paris, vielleicht weil sie leerer waren, weil sie der Sonne mehr Platz ließen. Die Straßenbahn bimmelte, während sie über die Schienen glitt, spuckte Sand, wenn sie in einer Kurve bremsen mußte, wurde viel lauter in den ruhigen Straßen von Schaerbeek, wo Chave endlich ausstieg, an der Ecke einer Straße, gegenüber dem Lebensmittelgeschäft, wo die Chaves einkauften.

Er brauchte kaum hundert Meter zurückzulegen, und schon verlangsamte er seinen Schritt, wurden seine Beine von neuem weich. Er hatte seinen Schlüssel nicht dabei. Er wußte nicht mehr, ob er ihn mitgenommen hatte oder nicht.

Er stellte einen Fuß auf die Schwelle aus blauem Stein, streckte den Arm aus und klingelte, einmal, zweimal. Dann hob er mechanisch den Kopf, denn er wußte, daß das Fenster aufgehen würde, daß sich ein Kopf herausbeugen würde.

»Wer ist da? . . . Was ist?«

Er lachte. Er lachte, weil seine Frau ihn in seinem Aufzug, mit seinem vier Tage alten Bart nicht erkannt hatte. Sein Lachen war warm und feucht.

»Ich bin's!«

Er hatte es kaum gesagt, als eine Tür aufging, Schritte die Treppe herunterpurzelten, seine Frau Gefahr lief, auf den glatten Fliesen des Hausflurs auszurutschen.

»Pierre! . . .«

Sie lachte ebenfalls. Sie zog ihn mit. Sie schaute stolz nach einer Tür, die sich bewegte, der Tür des alten Drachens von Concierge, die dem ganzen Quartier verkündete, daß Chave in Paris im Gefängnis saß.

»Komm schnell . . .«

»Und Pierrot?«

Sie brauchte nicht zu antworten. Die Tür stand offen. Mit der Sonne drangen einem Duftwolken einer Lauchsuppe entgegen, und in einer goldenen Staubwolke, wie in einem Heiligenschein, sah man Pierrot auf dem Boden sitzen, im Baumwollhemd, in Gesellschaft eines Baukastens.

»Bist du's, Papa?« fragte er auf die natürlichste Weise von der Welt.

Für ihn hatte die Zeit nicht existiert. Ernst nahm er die rauhen Küsse seines Vaters hin und wischte sich seine fast wundgeriebene Wange ab.

»Hast du mir nichts mitgebracht?«

Denn wenn jemand von einer Reise zurückkommt, bringt er immer etwas mit!

»Hast du nicht allzu große Angst gehabt?« fragte Pierre unterdessen seine Frau.

Das Aufregendste und Ergreifendste war, die Dinge genauso wiederzufinden, wie er sie zurückgelassen hatte. Als er die Tür zum Eßzimmer öffnete, war Feuer im Ofen, als ob man darauf gewartet hätte, daß er sich hier hinsetze, um zu arbeiten. Das Linoleum, das am Tag zuvor gebohnert worden war, roch nach Bohnerwachs und Terpentin.

»Ich weiß noch nicht, was ich machen soll«, sagte er hin- und hergehend, die Gegenstände beschnüffelnd und berührend. »Ich glaube, es wäre besser, wenn ich der Polizei Bescheid gäbe ...«

»Worüber Bescheid geben?«

»Das ist zu lang, um es dir zu erklären ... Ich möchte, daß sie wissen, daß keine Gefahr mehr besteht ...«

»Hast du den Baron wiedergesehen?«

Er konnte ein Lächeln nicht unterdrücken, als er an den Baron dachte, so wie er ihn hinter den Fensterscheiben der Kneipe von Courbevoie ... – Moment mal, das war doch gestern! ... Aber ja, erst gestern ... – gesehen hatte, einer farblosen Figur aus dem Wachsfigurenkabinett ähnlich.

Plötzlich klingelte es zweimal. Anders als erwartet warf Marie, statt ans Fenster zu gehen, um nachzuschauen, einen Blick auf die Uhr und sagte:

»Das ist der Kommissar ...«

»Was für ein Kommissar?«

»Meulemans ... Er kommt zweimal am Tag ...«

Nun lachte Marie über Chaves Ausdruck. Und das wurde noch schlimmer, als auf der Treppe die herzliche Stimme des Kommissars zu hören war, mit dem stärksten belgischen Akzent, den Pierre je kennengelernt hatte.

»Na, dann ist er jetzt wieder ganz auf den Beinen?«

»Aber ja, Herr Kommissar ...«

»Um so besser, nicht wahr? Ein so intelligentes Kind ... Es wäre schade gewesen ...«

In diesem Augenblick stand er Auge in Auge Chave gegenüber, und er zuckte zusammen, stammelte, zu allem Überfluß noch verlegen wegen des Paketes, das er in der Hand hatte.

»Sind Sie zurückgekommen?« machte er in

mürrischem Ton. »Na ja, gut! ... Schon wieder Komplikationen ...«

Und schrie der Junge nicht, wobei er auf das Paket zeigte:

»Ist das meine Trompete?«

»Genau, das ist deine Trompete, kleiner Mann ... Nur, ich muß jetzt erst mal mit deinem Vater sprechen ...«

Und, an diesen gewandt:

»Kommen Sie mal mit ins Büro?«

Er ging hinein wie in den andern Tagen und hätte sich beinahe an »seinen« Platz gesetzt, die Schublade aufgezogen, um »seinen« Tabak herauszuholen.

»Es ist besser, wenn ich die Tür zumache, nicht wahr? ... Für eine Überraschung ist das wirklich eine Überraschung, das kann ich Ihnen versichern! ... Ich habe heute morgen noch mit Paris telefoniert, und man hat mir gesagt, daß nichts passiert sei ...«

»Es wird auch nichts passieren«, sagte Chave sanft und spielte dabei mit seinen auf dem Tisch aufgereihten Pfeifen. »Ich hoffe es wenigstens. Die Bombe liegt in der Seine, in der Nähe des Boulevard Henry IV, genau fünfzehn Meter von der Böschung entfernt ...«

»Sind Sie sicher?«

»Absolut sicher. Vielleicht könnten Sie es in

Paris wissen lassen und ihnen sagen, daß die, die sie verhaftet haben, nichts mit der Sache zu tun haben ...«

Er wandte den Kopf um. Er hatte sich gerade wieder an die Kais dort erinnert, mit der von Anglern übersäten Böschung, den Kähnen und diesen Bistro, von denen jede ihren eigenen Geruch hatte, den Geruch einer Provinz, einer Landschaft Frankreichs.

»Marie! Bring dem Kommissar doch was zu trinken!« rief er.

»Bier, nicht wahr? Das ist immer noch das beste ...«

Dort roch das eine Bistro nach Trester, das andere nach Calvados und Apfelmost und ein drittes roch, ohne daß man sagen konnte warum, mit seinem schnurrbärtigen Wirt in der blauen Schürze, nach der Auvergne.

»Ich werde telefonieren ... Dann werde ich meinen Bericht schreiben ... Sie müssen mir dazu noch einige Einzelheiten angeben ...«

»Es gibt keine Einzelheiten ... Sobald die Bombe wiedergefunden wird ...«

Ein Mann mit geschwärztem Gesicht, der zusammen mit einem angeschirrten Hund einen Karren durch die Straße mit den gleichmäßigen Pflastersteinen zog, stieß in eine Trompete und rief dann mit durchdringender Stimme:

»Briketts! . . .«

Es war der Kohlenhändler. Man war in Belgien. Man war in Schaerbeek. Der Kommissar wischte sich die Lippen ab und lief los, um die Neuigkeit nach Paris zu telefonieren. Die Alte unten lauerte hinter ihrer Tür.

Und Marie fragte sanft:

»Was hast du?«

»Ich?« zuckte Chave zusammen. »Ich habe nichts . . . Ich möchte mich waschen, mich rasieren . . .«

»Ich werde dir Wasser aufstellen . . .«

»Ich muß auch im Theater vorbeigehen . . .«

»Hast du den Kleinen wiedergesehen, der so krank war, an dem Abend, als . . .«

»Robert? . . . Ja . . .«

»Was macht er?«

»Nichts . . . Ich muß ihm schreiben . . .«

»Und der Baron? Glaubst du nicht, daß er bei all seiner Ungeschicktheit schließlich noch . . .«

Sie schwieg, weil er ihr in die Augen sah und weil sie in dieser Minute spürte, daß man nichts mehr sagen durfte. Man mußte seinen Nostalgien die Zeit lassen, sich aufzulösen, allzu starken Eindrücken die Zeit, sich zu verwischen.

Beweis dafür war, daß er sich nicht um seinen Sohn kümmerte, daß er nicht den grellen Ton der neuen Trompete hörte.

Dann, als käme er aus einem Traum, trat er zu ihr, als sie gerade eine riesige Wasserschüssel auf den Ofen gestellt hatte – die Schüssel, die für die Wäsche und für die Bäder diente –, und murmelte mit sachlicher Stimme:

»Hast du genug Geld gehabt?«

»Ich habe gestern die Gasrechnung bezahlt, und es bleiben mir noch dreißig Francs . . .«

Man muß sich ganz langsam wieder eingewöhnen!

»Was ist heute für ein Tag?«

»Freitag . . .«

»Glaubst du, daß der Kleine schon aus dem Haus gehen darf?«

Und er saß ganz nackt in der Schüssel, auf einem Speziallinoleum, das man in die Mitte des Schlafzimmers legte, als er, seinen seifigen Schwamm auspressend, murmelte:

»Am Sonntag gehen wir irgendwohin ans Wasser . . . Willst du mir nicht das Handtuch geben?«

Sie lief herbei, um es ihm zu geben, denn sie fürchtete, die Bohnen könnten anbrennen. So sprachen sie weiter miteinander, von einem Zimmer zum andern, mit dem Lärm der Blechtrompete zwischen den Sätzen und Wassergeräuschen oder den Geräuschen eines Topfes, den man bewegt, oder des Feuers, das man schürt.

»Heute nachmittag werde ich mal einen Gang

ins Theater machen ... Es sollte mich wundern, wenn sie schon jemand anderes gefunden hätten ...«

... Und so weiter, sachte, vorsichtig, weil das alles zerbrechlich war und sie nichts zerbrechen wollten.

Paris, Boulevard Richard-Wallace, Oktober 1937

Georges Simenon im Diogenes Verlag

● Biographisches

Als ich alt war
Tagebücher 1960–1963
Deutsch von Linde Birk

Briefwechsel mit André Gide
Deutsch von Stefanie Weiss

Brief an meine Mutter
Deutsch von Trude Fein

Ein Mensch wie jeder andere
Mein Tonband und ich
Deutsch von Hans Jürgen Solbrig

Über Simenon
Zeugnisse und Essays von Patricia Highsmith bis Alfred Andersch. Mit einem Interview, mit Chronik und Bibliographie. Herausgegeben von Claudia Schmölders und Christian Strich. detebe 154

● Sonderbände

Betty / Die Tür
Zwei Romane in einem Band
Deutsch von Raymond Regh und Linde Birk

Der Neger / Das blaue Zimmer
Zwei Romane in einem Band
Deutsch von Linde Birk und Angela von Hagen

Gesammelte Erzählungen
Deutsch von Wolfram Schäfer

Maigret hat Angst / Maigret erlebt eine Niederlage
Zwei Maigret-Romane in einem Band
Deutsch von Elfriede Riegler

Maigret gerät in Wut / Maigret verteidigt sich
Zwei Maigret-Romane in einem Band
Deutsch von Wolfram Schäfer

Maigret-Geschichten
Deutsch von Linde Birk, Angelika Essig, Hans Joachim Hartstein, Lislott Pfaff und Gisela Stadelmann

● Romane in Erstausgaben

Die Unbekannten im eigenen Haus
Roman. Deutsch von Gerda Scheffel

Der Ausbrecher
Roman. Deutsch von Erika Tophoven-Schöningh

Wellenschlag
Roman. Deutsch von Eugen Helmlé

Zum Weißen Roß
Roman. Deutsch von Trude Fein

Der Tod des Auguste Mature
Roman. Deutsch von Anneliese Botond

● Non-Maigret-Romane

Brief an meinen Richter
Roman. Deutsch von Hansjürgen Wille und Barbara Klau. detebe 135/1

Der Schnee war schmutzig
Roman. Deutsch von Willi A. Koch
detebe 135/2

Die grünen Fensterläden
Roman. Deutsch von Alfred Günther
detebe 135/3

Im Falle eines Unfalls
Roman. Deutsch von Hansjürgen Wille und Barbara Klau. detebe 135/4

Sonntag
Roman. Deutsch von Hansjürgen Wille und Barbara Klau. detebe 135/5

Bellas Tod
Roman. Deutsch von Elisabeth Serelmann-Küchler. detebe 135/6

Der Mann mit dem kleinen Hund
Roman. Deutsch von Stefanie Weiss
detebe 135/7

Drei Zimmer in Manhattan
Roman. Deutsch von Linde Birk
detebe 135/8

Die Großmutter
Roman. Deutsch von Linde Birk
detebe 135/9

Der kleine Mann von Archangelsk
Roman. Deutsch von Alfred Kuoni
detebe 135/10

Der große Bob
Roman. Deutsch von Linde Birk
detebe 135/11

Die Wahrheit über Bébé Donge
Roman. Deutsch von Renate Nickel
detebe 135/12

Tropenkoller
Roman. Deutsch von Annerose Melter
detebe 135/13

Ankunft Allerheiligen
Roman. Deutsch von Eugen Helmlé
detebe 135/14

Der Präsident
Roman. Deutsch von Renate Nickel
detebe 135/15

Der kleine Heilige
Roman. Deutsch von Trude Fein
detebe 135/16

Der Outlaw
Roman. Deutsch von Liselotte Julius
detebe 135/17

Die Glocken von Bicêtre
Roman. Deutsch von Hansjürgen Wille und Barbara Klau
detebe 135/18

Der Verdächtige
Roman. Deutsch von Eugen Helmlé
detebe 135/19

Die Verlobung des Monsieur Hire
Roman. Deutsch von Linde Birk
detebe 135/20

Der Mörder
Roman. Deutsch von Lothar Baier
detebe 135/21

Die Zeugen
Roman. Deutsch von Anneliese Botond
detebe 135/22

Die Komplizen
Roman. Deutsch von Stefanie Weiss
detebe 135/23

● Maigret-Romane

Maigrets erste Untersuchung
Roman. Deutsch von Roswitha Plancherel
detebe 155/1

Maigret und Pietr der Lette
Roman. Deutsch von Wolfram Schäfer
detebe 155/2

Maigret und die alte Dame
Roman. Deutsch von Renate Nickel
detebe 155/3

Maigret und der Mann auf der Bank
Roman. Deutsch von Annerose Melter
detebe 155/4

Maigret und der Minister
Roman. Deutsch von Annerose Melter
detebe 155/5

Mein Freund Maigret
Roman. Deutsch von Annerose Melter
detebe 155/6

Maigrets Memoiren
Roman. Deutsch von Roswitha Plancherel
detebe 155/7

Maigret und die junge Tote
Roman. Deutsch von Raymond Regh
detebe 155/8

Maigret amüsiert sich
Roman. Deutsch von Renate Nickel
detebe 155/9

Hier irrt Maigret
Roman. Deutsch von Elfriede Riegler
detebe 155/10

Maigret und der gelbe Hund
Roman. Deutsch von Raymond Regh
detebe 155/11

Maigret vor dem Schwurgericht
Roman. Deutsch von Wolfram Schäfer
detebe 155/12

Maigret als möblierter Herr
Roman. Deutsch von Wolfram Schäfer
detebe 155/13

Madame Maigrets Freundin
Roman. Deutsch von Roswitha Plancherel
detebe 155/14

Maigret kämpft um den Kopf eines Mannes
Roman. Deutsch von Roswitha Plancherel
detebe 155/15

Maigret und die kopflose Leiche
Roman. Deutsch von Wolfram Schäfer
detebe 155/16

Maigret und die widerspenstigen Zeugen
Roman. Deutsch von Wolfram Schäfer
detebe 155/17

Maigret am Treffen der Neufundlandfahrer
Roman. Deutsch von Annerose Melter
detebe 155/18

Maigret bei den Flamen
Roman. Deutsch von Claus Sprick
detebe 155/19

Maigret und die Bohnenstange
Roman. Deutsch von Guy Montag
detebe 155/20

Maigret und das Verbrechen in Holland
Roman. Deutsch von Renate Nickel
detebe 155/21